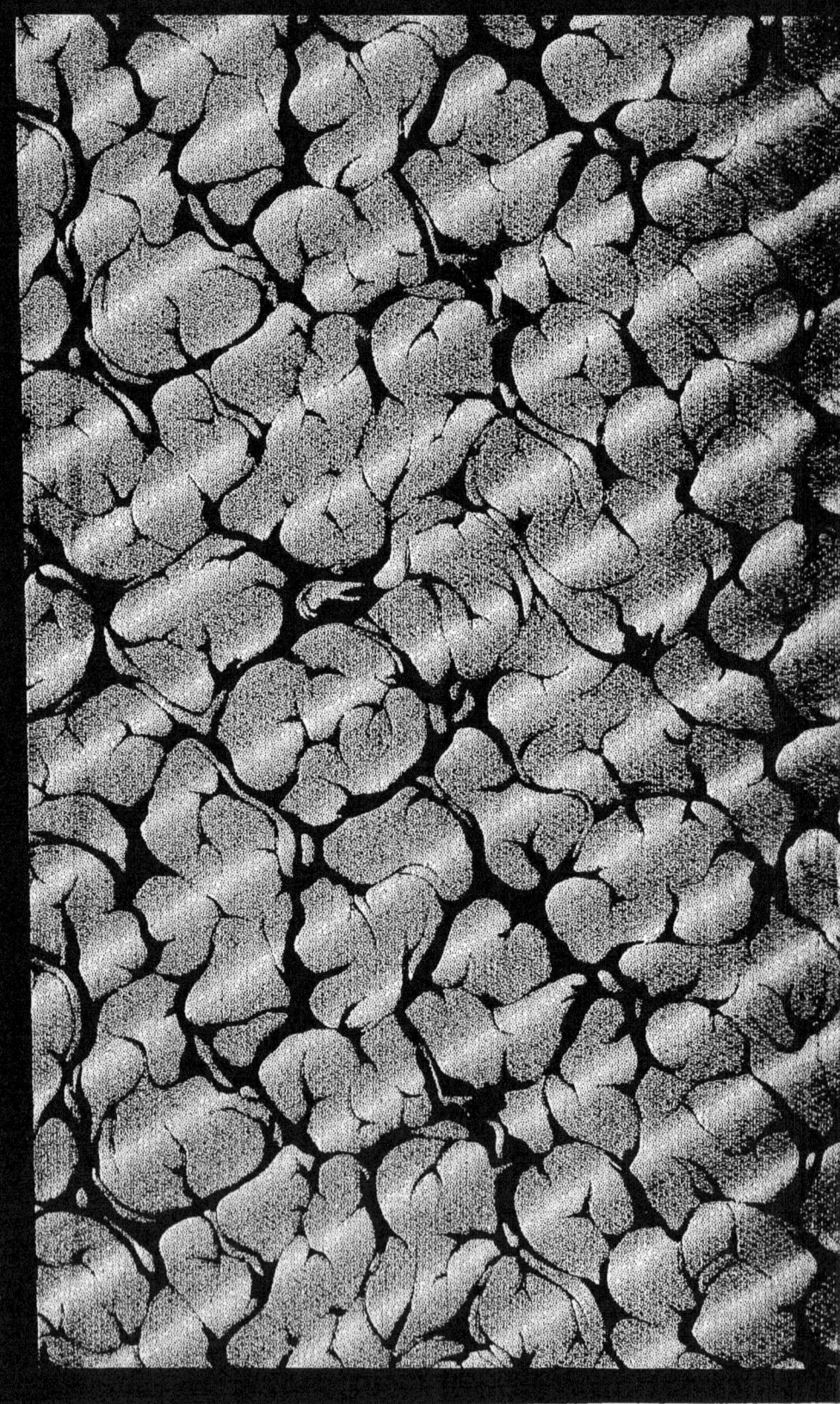

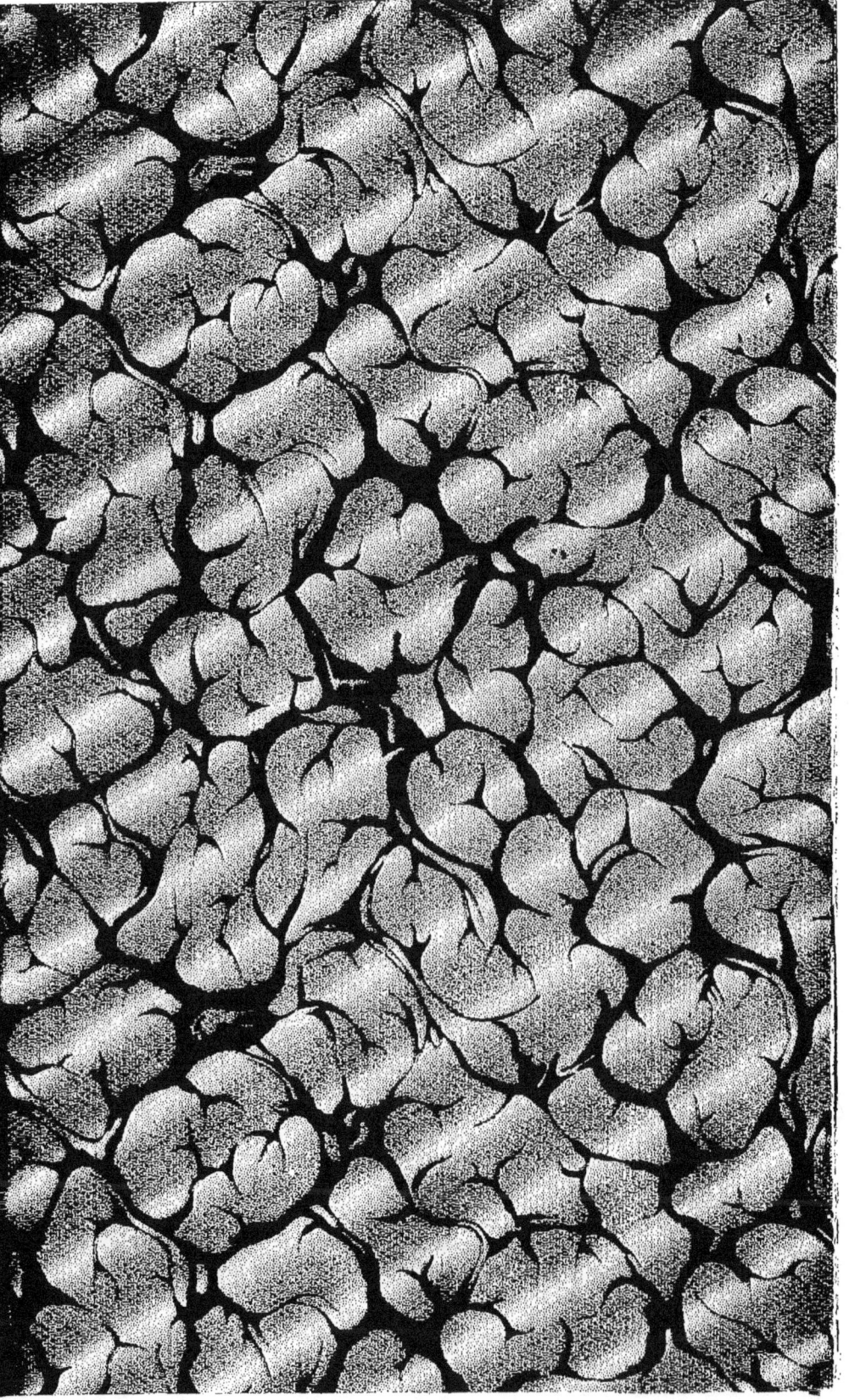

DÉLASSEMENTS

POÉTIQUES

PAR M. J.-S. PERRIER.

PREMIER VOLUME.

AUCH

FOIX FRÈRES, ÉDITEURS.

1858-1859.

DÉLASSEMENTS

POÉTIQUES

Par M. J.-S. PERRIER

Commis près la Recette principale des Contributions indirectes à Auch,

ET

MEMBRE DE LA SOCIÉTÉ DES NOUVEAUX AUTEURS ET
COMPOSITEURS FRANÇAIS ET ÉTRANGERS ET DE
QUELQUES AUTRES SOCIÉTÉS LITTÉRAIRES
OU SAVANTES.

AUCH

IMPRIMERIE ET LITHOGRAPHIE DE FOIX FRÈRES, RUE BALGUERIE.

———

1858.

(c

LE SERMENT DE LA MUSE AU TEMPLE.

LIVRE PREMIER.

LE SERMENT DE LA MUSE AU TEMPLE.

DÉDIÉ A MON PÈRE ET A MA MÈRE.

Montaigut, août 1852.

S'il est vrai que tu sois une céleste flamme;
Mais s'il est vrai surtout que tu sois en mon âme,
Muse, nous voilà seuls sous l'œil de l'Eternel !
    L'heure est propice... en cet auguste temple,
Il faut faire, ô ma Muse ! à Dieu qui te contemple,
    Un serment solennel.

L'ange va t'écouter... Son urne précieuse
Recueillant saintement ta promesse pieuse,
Au pied du divin trône ira la déposer.
Et la Vierge, ta mère et ton inspiratrice,
Etendra sur ton front sa grâce protectrice,
Et le Verbe sur toi descendra se poser.

Jure, au pied des autels, à l'ange qui t'écoute,
Que, de l'impiété fuyant l'affreuse route,
　　Du Christ, ton Dieu, tu suivras les drapeaux!
Oui, ma Muse, voilà l'immortelle bannière
Que tu dois arborer dans ta courte carrière,
　　　　Sans délai, sans repos.

Rejette les pensers du poète frivole
Dont le génie errant n'aspire et ne s'envole
Qu'aux vagues régions du sophisme et du faux.
Que te fait son orgueil?... La mort, avec justice,
Dissipe au jour de Dieu toute gloire factice;
La vertu seule échappe à l'implacable faux.

N'imprime point tes pas sur le seuil de ce monde :
Tu briserais ta lyre à sa sphère inféconde;
    Mais reste au ciel, ton unique séjour,
Bienheureux si je puis, sur tes ailes d'ivoire,
Avec toi, triomphant, vers ce palais de gloire,
      M'envoler quelque jour !

Reste au ciel ! car c'est là que l'âme soupire,
Trouve avec l'harmonie un ange qui l'inspire;
Hors de là, point de vrai, dès lors, point de beauté.
Au foyer des vertus forge tes saintes armes;
De la Religion chante les divins charmes :
Tout en elle est douceur, poésie et clarté.

Un Dieu quittant pour nous son glorieux domaine,
Revêtant les douleurs de la nature humaine,
    A ses bourreaux donnant un doux baiser;
Un Dieu mort sur la croix pour le salut du monde;
N'est-ce pas là, ma Muse, une source féconde
      Où tu pourras puiser?

Une Vierge, du ciel étoile éblouissante,
Qui dompte les fureurs de la mer mugissante,
    Et guide au port les pieux matelots;
Et dont le rayon pur, soulageant nos misères,
Rend nos plaisirs plus doux, nos peines moins amères,
    Moins âpres nos sanglots;

Des anges pleins d'amour dont la voix solennelle,
Sous le dôme empourpré de la cour éternelle,
Chante le saint des saints, en chœurs mélodieux;
Des séraphins ailés, adorant en silence,
Tandis qu'en flots d'azur un pur encens s'élance
Et voile Jéhova de gloire radieux;

D'invisibles esprits, chaste et brillant cortége
Dont la main fraternelle ici-bas nous protége
    Et nous dirige aux frais sentiers de Dieu;
Les globes enflammés que l'infini mesure,
Et qui, harpes du ciel, remplissent la nature
    De leurs hymnes de feu;

Une religion, mère tendre et sensible,

Dressant l'homme au berceau, comme un rameau flexible,

Lui donnant à sucer le lait pur de son sein;

Lui façonnant le cœur dans le moule des anges,

Le guidant par la main, quand, rejetant ses langes,

Il se lève et demande où conduit son chemin;

Cette mère assidue, à ses côtés placée,

Formant son âme à Dieu, comme une fiancée

    Qui doit bientôt être unie à l'époux;

Plus tard, quand il est homme, aplanissant sa voie,

Le préparant aux maux que le ciel nous envoie

      Pour nous rendre plus doux;

Et quand son souffle meurt, quand l'aveugle glaneuse

Cherche à jeter le trouble en son âme orageuse,

Et le livre sans force aux atteintes du mal,

Le ministre de Dieu recueillant ce frêle homme,

L'émondant pour le ciel, et lui versant l'arôme

Qui lui rend du berceau le voile baptismal;

Les apôtres ardents, pieux énergumènes,

Qui foulent les dangers et les foudres humaines,

    Comme un jouet que l'enfant foule aux pieds,

Et s'en vont annonçant, de l'un à l'autre pôle,

D'un Dieu propice à tous l'ineffable parole

Et le pardon du Christ aux crimes expiés;

Les suaves pasteurs versant dans le mystère

Le baume de la foi sur l'éternelle ulcère

Qui déchire le sein de la société;

Les austères vertus, parfums des solitudes,

Qui, nuage odorant, sur nos ingratitudes

Epanchent du Seigneur la grâce et la bonté;

Ces anges bien-aimés, colombes de Marie,

Qui prennent leur essor quand la guerre amaigrie

Moissonne avec fracas les peuples furibonds,

Et qui, suprême effet d'un sublime héroïsme,

Affrontant des combats l'horrible cataclysme,

Ouvrent, la croix en main, le ciel aux moribonds;

Les vieillards couronnés d'un diadème auguste,

Qui, pareils à l'érable, ombrageant un arbuste,

Epandent sur leurs fils l'ombre de leurs vertus;

Les tendres nouveaux-nés, délices maternelles,

Et les vierges, tes sœurs, qui sur leurs blanches ailes

S'envolent à quinze ans vers la cour de Jésus;

Les fronts vainqueurs de l'âge où la tempête gronde;

Les tristes naufragés de l'océan du monde,

Qui, séduits par un rêve, ont vendu leur bonheur;

Les nobles sentiments, les prières émues,

Les cœurs sanctifiés, et les âmes élues,

Siége de l'innocence et palais du Seigneur,

Voilà ce que ton luth doit chanter, ô ma Muse!...

Chante pour l'avenir... Oh! combien il s'abuse

Celui qui sème aux champs incertains du présent!

Que leur triomphe est court à ces talents ignobles

Qui flétrissent gaîment les vertus les plus nobles,

Et qui prêtent au vice un masque bienfaisant!

La poésie, hélas ! au ciel s'est envolée.

La muse des vieux temps, errante et désolée,

Ebranle à peine l'air d'un siècle agioteur.

L'homme raille aujourd'hui la candeur et la lyre !

Mais offre à Dieu tes chants : nul n'osera proscrire

L'encens qui s'évapore au temple du Seigneur !

Quand la corruption hurlera ses blasphèmes,

Que ta voix inspirée éclate en anathèmes;

Qu'aux dépens de tes jours l'innocent soit vengé.

Attaque, pas à pas, le mal dans sa racine,

Et rends à la vertu l'auréole divine

Que notre âge a ravie à son front outragé.

Chante la charité de l'opulence aimable

Qui recueille aux chemins ceux que le sort accable,

Et qui sème le bien dans les sillons du mal.

Mais honte, dans tes vers, aux fauves utopies,

Qui, pour refondre l'homme en leurs moules impies,

Voudraient le dégrader comme un vil animal !

Tu chanteras l'amour... non l'amour, ô mon ange!

Que l'or seul fait éclore, et qui donne, en échange,

Les débris pollués de sa précocité;

Mais ce sentiment pur que Dieu mit dans notre âme,

Ce céleste rayon qui jaillit de la femme,

Comme un reflet mortel de la Divinité;

Cet ineffable aimant qui vers le beau nous pousse;

Ce dictame divin qui s'épand sans secousse

D'un sein religieux dans un sein virginal;

Ces chastes passions dont l'innocent délire

Fait vibrer un cœur pur, comme une tendre lyre,

      Au souffle matinal.

Telle est la sainte arène où tu devras combattre;

Telle est la pleine en fleurs où ton luth va s'ébattre,

Comme une luciole, au déclin d'un beau soir!

Mais souviens-toi toujours, Muse, que le génie

Doit diriger vers Dieu sa suave harmonie,

Semblable aux doux parfums qu'exhale l'encensoir!...

Si tu veux, désormais, de celui qui t'envoie
Trahir les hauts desseins, t'éloigner de sa voie,
D'un siècle indifférent arborer l'étendard,
Remonte au ciel, ma Muse, abandonne mon âme;
Va te rejoindre à Dieu, c'est lui qui te réclame :
N'attends pas que l'enfer te perce de son dard.

Si tu veux, au contraire, ô ma Muse adorée !
Embrasser pour jamais la bannière sacrée
　　Que, dès ce jour, je veux mettre en tes mains,
Viens embraser mon sein de ta flamme céleste,
Et transporte-moi loin de l'impudeur funeste
　　　　Et des vices humains.

Et je verrai ton nom, environné de gloire,
Non pas inscrit un jour sur les tables d'ivoire
Où l'homme aime à graver sa sotte vanité,
Mais l'ange l'inscrira sur le livre de vie;
Et, pour couronne d'or, la splendide Marie
L'ornera des rayons de sa virginité!

AUX MATÉRIALISTES.

AUX MATÉRIALISTES.

INSPIRÉ DU LIVRE DE JOB. — CHAPITRES 38 ET 39.

DÉDIÉ A M. L'ABBÉ H. B., D'AUCH.

I

Qu'étiez-vous, ô mortels! quand le Dieu du mystère
Jetait les fondements du ciel et de la terre?
Parlez, fils de la nuit, aliment du tombeau!
Savez-vous quelle main en régla la mesure?
Quel doigt a déroulé la céleste voilure,
Et sur le globe humain a tendu le niveau?

Qu'étiez-vous quand, jaillis du sein qui les rassemble,

Les astres du matin symphonisaient ensemble ;

Quand les enfants de Dieu chantaient l'hymne éternel ?

Qui met à l'Océan d'immuables barrières,

Lorsqu'il s'enfle et déborde, écumant de colères,

Pareil au nouveau-né, loin du sein maternel ?

Est-ce votre regard qui, profond et sublime,

A sondé l'infini ? -- L'immensurable abîme

Vous a-t-il dévoilé ses plus secrets réduits ?

Est-ce vous qui jadis avez dit à l'aurore :

Voici les monts d'opale où tu devras éclore !

Aux étoiles : soyez la couronne des nuits !

Qui dit aux soirs d'été : messagers des doux rêves,

Enveloppez d'azur les vallons et les grèves,

Et sur l'homme assoupi versez vos voluptés !

Qui dit aux vastes mers : voici votre limite ?

Là mugiront les flots que la tempête irrite;

Ici se briseront vos courroux indomptés !

Est-ce vous qui, prenant la terre par ses pôles,

L'agitez comme un grain, renversez les idoles,

Et rejetez l'impie aux gouffres de la mort?

— Le juste est un parfum renfermé dans l'argile;

Mais les jours de l'impie, urne impure et fragile,

Se brisent, dans la honte, au souffle du Dieu fort.

Vos pieds ont-ils franchi les empires funèbres?

Connaissez-vous les bords qu'habitent les ténèbres,

Et ceux où la lumière alimente ses feux?

A leur heure, en leur lieu, sauriez-vous les répandre?

Et, pour éclairer l'ombre, auriez-vous pu suspendre

Un bandeau de rubis au front pensif des cieux?

Qui fait développer les germes de la terre?

D'où nous vient la vertu qui brille et régénère?

Du souffle créateur ayant suivi le cours,

Avez-vous annoncé l'heure où vous deviez naître,

Comme l'aube prédit que l'astre va paraître?

Pouvez-vous préciser le nombre de vos jours?

Avez-vous calculé les trésors de la neige ?

Des tempêtes du ciel connaissez-vous le siége ?

Qui produit la rosée au virginal éclat ?

Quels bras ont aiguisé les armes de la grêle,

Pour l'heure où l'ennemi devra fuir pêle-mêle,

Pour le temps de la guerre et le jour du combat ?

Qui dirige, la nuit, les flèches de la foudre ?

Qui charge la nuée et la fait se dissoudre ?

Qui déchaîne l'orage et les ondes des airs,

Pour émonder les bois aux têtes mugissantes,

Pour faire épanouir les herbes verdoyantes,

Et pour fertiliser les champs et les déserts ?

Pourrez-vous l'une à l'autre enlacer les pléiades,

Imposer aux soleils des marches rétrogrades,

Détourner une étoile, un rayon de son cours ?

Avez-vous ordonné les mouvements célestes ?

Pouvez-vous conjurer leurs actions funestes,

Régler sagement l'ombre et dispenser les jours ?

Qui donna pour partage, aux plaines, la richesse ;

La force à Béhémoth ; aux biches, la tendresse ;

L'intelligence au coq ; au cheval, la fierté ;

A l'aigle, l'étendue ; à l'épervier, la tombe ;

Le courage au lion ; l'amour à la colombe ;

A vous, mortels, pouvoir, sagesse et liberté ?...

Est-ce vous qui du ciel, voulant descendre et naître,

A l'image des dieux avez formé votre être,

Et soumis la nature à vos fécondes lois ?

Est-ce vous, race inerte, impuissante, insensée,

Qui, du front Souverain usurpant la pensée,

Vous êtes de la terre institués les rois ?

« La matière, foyer de flamme universelle,

Puissance indéfinie, absolue, éternelle,

A, de son vaste sein, tout produit, » dites-vous !

La matière éternelle !... Infernale utopie !

Gouffre de turpitude où votre âme accroupie

A l'opprobre des sens a donné rendez-vous !...

II.

Mais s'il faut me convaincre et me forcer à croire,
Hommes, revêtez-vous de splendeur et de gloire ;
Montez, brillants, pompeux, sur un trône élevé !
Ceignez-vous des éclairs de la magnificence ;
Prouvez-moi, par l'éclat de votre omnipotence,
Que Dieu n'existe pas et que je l'ai rêvé.

Dites-moi quelle main, dans le sein de nos mères,
Dépose tendrement ces plantes éphémères
Qui naissent de l'amour et qu'on appelle enfants?
Quel est l'être innommé que la nature adore?
Par quel instinct secret l'enfant qui vient d'éclore,
En pleurant, vers le ciel, lève ses bras tremblants?

Expliquez-moi des cieux la sphère indéfinie.

Pouvez-vous, d'un seul mot, en rompre l'harmonie,

Ou même en conserver le sublime dessin?

Est-ce vous qui jadis dites à la lumière

D'éclairer le chaos et l'informe matière;

Aux terres, d'assembler les mottes de leur sein?

Saurez-vous élever votre voix jusqu'aux nues?

Et les trésors cachés des plaines inconnues

S'épandront-ils soudain en fleuves abondants?

Et, commandant aux flots, aux effrayants tonnerres,

Saurez-vous, ébranlant l'extrémité des terres,

Faire rendre aux rochers des grincements de dents?

Disputez contre Dieu; réduisez-le au silence.

Que chaque astre, à son tour, vous chante et vous encense.

Des jugements divins détruisez l'équité.

Ordonnez les saisons, dispensez les richesses;

Confondez les tyrans, soutenez les faiblesses,

Distribuez la vie et l'immortalité.

Déversez vos courroux en flamboyantes gerbes;

Domptez les arrogants, dissipez les superbes;

Subjuguez les jaloux d'un seul de vos regards.

Brisez, foulez aux pieds l'hypocrite et l'impie;

Que la cité du mal, dans la fange assoupie,

Voie, au feu de vos yeux, s'embraser ses remparts.

Que l'orgueilleux lui-même éprouve vos justices;

Dispersez à la fois le blasphème et les vices;

Purgez le genre humain de ces hideux fléaux;

De l'abjet égoïsme écrasez le colosse :

Cachez-les dans la nuit, jetez-les dans la fosse,

Poussez sur leurs débris la pierre des tombeaux,

Alors je conviendrai que je vous dois mon culte;

Qu'implorer le Seigneur c'est vous faire une insulte;

Que Dieu n'est qu'un vain mot, n'est qu'un mythe odieux;

Que la matière est Dieu dans le monde où nous sommes,

Et que vous-même aussi vous n'êtes point des hommes,

Mais je confesserai que vous êtes des dieux.

Auch, septembre 1858.

LA PREMIÈRE BLESSURE.

LA PREMIÈRE BLESSURE.

DÉDIÉ A M. L'ABBÉ P..., ARCHIPRÊTRE DE LA CATHÉDRALE DE SENS.

A ce siècle enrichi j'ai révélé mon cœur ;
Mais, lui, désenchanté, réaliste et moqueur,
M'a jeté sans pitié l'injure et le sarcasme !...
Je voulais avec moi l'élever jusqu'à Dieu ;
Mais son souffle de glace a presque éteint le feu
    De mon enthousiasme.

      Laisse, ah! laisse tes fleurs,
      O ma triste pensée!
      Epanche tous les pleurs
      De mon âme blessée...

C'était aux jours dorés où, frémissant d'amours,

Comme la chrysalide, à l'aube des beaux jours,

Le cœur extasié, radieux d'espérance,

Comme d'une prison s'échappant de l'enfance,

Altéré de désirs qu'il ne peut définir

S'envole étourdiment aux champs de l'avenir,

Et, trop volage encor pour sonder tout mystère,

Ne voit partout qu'amour, au ciel et sur la terre :

Tel un jeune marin, à son chaume enlevé,

Transporté tout à coup sur les flots sans ombrage,

Se perd dans l'infini qu'il n'a jamais rêvé,

Ne pensant déjà plus qu'au loin est un rivage.

Laisse, ah! laisse tes fleurs,

O ma triste pensée!

Epanche tous les pleurs

De mon âme blessée...

Et, le front coloré des roses du matin,

J'allais, ceint de candeur et d'un charme enfantin,

Et palpitant de joie aux rayons de l'aurore,

J'allais, cueillant les fleurs des coteaux et des champs,

Et, parfumant mon âme aux calices penchants,

Je chantais le bonheur sur ma lyre sonore...

Laisse, ah ! laisse tes fleurs,

O ma triste pensée !

Epanche tous les pleurs

De mon âme blessée.

Je chantais le bonheur... disant : hommes trompés,

Qui suivez du progrès les chemins escarpés,

Reprenez la tunique et les lys du jeune âge;

Revendiquez votre âme à ce siècle d'outrage

Dont la contagion a corrompu vos mœurs,

Assoupi votre esprit et vicié vos cœurs !...

Homme, de Jéhova sublime créature,

Rejette loin de toi l'exécrable pâture

Que ce siècle présente à tes sens avilis.

Fuis des satiétés les chemins amollis,

Et brisant du veau d'or la statue encensée,

Au foyer de la foi retrempe ta pensée.

Des primitives mœurs que le voile enchanté

De ton esprit éteint cache la nudité,

Et remontant le cours du long fleuve des âges,

Evoque des tombeaux les chrétiens et les sages;

Recueille dans ton sein leurs préceptes sacrés;

Ils te révèleront, dans leurs chants inspirés,

Que si le corps de l'homme est rampant sur la terre,

Son âme vient du ciel, et, sublime mystère,

Doit retourner au ciel pour y jouir de Dieu...

Ils te révèleront que l'orgueil est un feu,

Le plaisir un mensonge, et l'or une chimère;

Que tout, hors la sagesse, est futile, éphémère;

Que le cœur de l'enfant, blanc de virginité,

Est un présent plus doux à la Divinité

Que le cœur du superbe, inondé d'opulence,

Saturé de plaisirs, ivre de jouissance...

C'est eux qui m'ont appris qu'au terrestre séjour

Il n'est qu'un vrai bonheur : la prière et l'amour,

Anges qui sur nos pas sèment la bienveillance

Et la simplicité, parfum de l'innocence...

C'est eux qui m'ont appris qu'aux palais d'ici-bas

La joie et le bonheur ne se rencontrent pas ;

Que le luxe et l'orgueil en ont fermé l'entrée

Aux aimables vertus qui n'ont pas leur livrée...

Et j'allais répétant aux échos d'alentour,

Comme le saint apôtre aux suaves paroles :

Mortels, pour être heureux, cessez d'être frivoles !

Le bonheur, c'est la foi, la prière et l'amour !...

Mais eux m'ont répondu par l'insulte et l'outrage :

« Anathème, ont-ils dit, à ce jeune insensé !

» Que nous font les vertus et les lois du passé ?

» Nos instincts sont nos lois, l'or seul a notre hommage ! »

Laisse, ah ! laisse tes fleurs,

O ma triste pensée !

Epanche tous les pleurs

De mon âme blessée.

Et, comme l'exilé des rives du Jourdain

Qui suspendit sa lyre aux saules du chemin,

Pour pleurer la patrie,

Entendant sous mes doigts l'harmonie expirer,

Je déposai mon luth et me pris à pleurer

A genoux sur ta tombe, ô sainte Poésie!...

Sens, août 1858.

LE POÈTE ET L'AMITIÉ.

LE POÈTE ET L'AMITIÉ.

DIALOGUE.

I

L'AMITIÉ.

J'ai penché mon oreille au bord des solitudes :

Parmi les sons confus que l'écho m'a transmis,

J'ai de ta jeune voix reconnu les préludes,

Et je viens t'éclairer de mes conseils amis.

Dans l'illusion qui t'abuse,

Tu permets à ta chaste muse

De puiser l'harmonie aux sources de ton cœur.

Nourri de silence et d'étude,

Tu chantes sans inquiétude.....

Frère, malheur à toi ! malheur !

Oui, malheur à toi, frère !... aussitôt que ta lyre

D'un monde insouciant frappera les échos,

Pareil au faible oiseau que l'épervier déchire,

Tu verras sous l'envie expirer ton repos.

    Et, comme un couple de colombes

Que le chasseur poursuit même à travers les tombes,

Tu verras deux à deux se disperser tes vers.

    Et puis, du haut de l'espérance,

    Tous viendront avec insolence

Te pousser jusqu'au fond du gouffre des revers.....

Ah ! mieux vaudrait pour toi que le noir mausolée

Eût déjà dévoré ton reste de printemps :

L'amitié veillerait sur ta tombe isolée,

Et ton nom parmi nous du moins vivrait longtemps.

    Mais dans la voie où tu t'engages,

    Il n'est point d'horribles présages

    Que je ne puisse t'annoncer :

On jettera sur toi le manteau dérisoire,

Et les hiboux, la nuit, flétriront ta mémoire.....

Frère, brise ta lyre; il faut y renoncer.

II

LE POÈTE.

L'aigle renonce-t-il au rocher où son aire
Peut braver l'ouragan et les feux du tonnerre?
Voit-on la tourterelle abandonner ses bois?
Le vase plein peut-il s'incliner sans s'épandre?
Et l'homme à sa pensée oserait-il défendre
    De commander à sa voix?

Le cygne et le poète ont des destins semblables :
L'un charme les forêts par ses chants ineffables,
Et glisse sur les flots sans ternir sa blancheur;
L'autre est l'écho du cœur, et le chantre de l'âme;
Il doit, sans se souiller voguant près de l'infâme,
Montrer la vérité dans la nuit de l'erreur.

Tantôt, aigle planant au-dessus du nuage,

Des passions de l'homme il domine l'orage,

Lançant sur l'imposteur la foudre de ses vers;

Ou, du haut de son nid bercé par les tempêtes,

De la pensée humaine il chante les conquêtes,

Et dans le progrès même enseigne l'univers.

Tantôt, oiseau de grâce et de mélancolie,

Sur l'onde des amours par la brise amollie

Il suit le cours caché des doux épanchements.

Et vient, suave et pur, prier sur une tombe,

Soutenir de sa main la douleur qui succombe,

Ou parsemer de fleurs le sentier des amants.

Ah ! la lyre — surtout en ces temps d'opulence —

Est une mission solennelle à remplir !...

Dans le calme des nuits, laborieux silence,

J'ai préparé l'arène où je dois l'accomplir;

Et s'il faut du combat traverser les alarmes,

Soldat, je combattrai : je veille sous les armes.

Mais s'il faut consoler, ou sur les fronts déchus

Rappeler les beaux jours qui leur étaient échus,

S'il ne faut que pitié, pleurs, amour, joie intime,

Je puis pencher mon urne et verser en secret

Mon baume sur les cœurs que poursuit un regret

   Ou qu'une main cachée opprime.

Poëte, mon essor m'emporte au haut des airs

Non moins rapidement qu'il m'entraîne aux enfers.

Ainsi donc, ô ma sœur ! la haine ni l'envie

N'atteindront point le seuil de ma paisible vie.

Je ne crains nul orage au ciel de mon bonheur :

Car mon âme est ma muse, et mon luth, c'est mon cœur.

D'Auch à Lectoure, 11 octobre 1858.

COUP D'ŒIL JETÉ DANS UN INTÉRIEUR.

Dans un riche boudoir qu'un jour mourant éclaire,
Sur un lit de repos dort une jeune mère.
Un silence absolu, profond, religieux,
Règne autour de ce lit, calme, mystérieux.
Et pourtant, trois enfants en bas-âge, et leur père,
L'aïeule, sainte femme, et la sœur de la mère
Entourent cette couche où souvent leur baiser,
Frais papillon du cœur, vient sans bruit se poser.
L'appartement lui-même, ombré de bleus nuages,
Paraît se recueillir autour de ces visages.

Rien de l'ange assoupi ne trouble le repos.

Seulement, par instants, doux et faibles échos,

On entend un murmure imperceptible et vague,

Pareil au frôlement du zéphir sur la vague ;

C'est le bruit tendre et pur de six cœurs affligés

Qui, par un doux espoir saintement soulagés,

Pour leur fille, leur sœur, leur épouse, leur mère,

En silence au Dieu bon adressent leur prière.

L'aïeule dit tout bas : « — Au déclin de mes jours,

Je ne suis plus, Seigneur, d'un utile secours.

Mais cette jeune femme, autrefois fraîche aurore

Qu'une longue souffrance aujourd'hui décolore,

A besoin, ô mon Dieu ! de vie et de santé,

Comme un riant bosquet, d'azur et de clarté :

Elle est la providence, aux aimables caresses,

L'astre vivifiant, le foyer de tendresses

Que trois petits enfants réclament nuit et jour

Pour réchauffer leur âme au feu de son amour.

Dissipez donc, Seigneur, le mal qui la consume ;

Et, s'il faut qu'ici-bas un vase d'amertume

Abreuve ma famille, ô Dieu! versez-le-moi :
Je le boirai, Seigneur, sans regret, sans effroi ;
Mais rendez la santé, le bonheur à ma fille!... »

Plus blanche que la nue où le rayon scintille,
Plus douce en son regard que l'astre de la nuit
Répandant sur les monts son poétique ennui,
La sœur, tendre reflet de l'âme de l'aïeule,
L'œil argenté de pleurs, murmurait toute seule :
— « Ma vie est un ruisseau qui sur un lit de fleurs
Coule paisiblement à l'abri des douleurs.
Nul mal, sombre brouillard, nuage délétère,
N'a voilé de mes jours l'étoile solitaire.
Mais elle, pauvre sœur! comme un oiseau blessé
Gémit, l'aile pendante et le sein oppressé,
Depuis un an, hélas! elle est là, sur sa couche,
Souffrante, et cependant, le sourire à la bouche,
Elle bénit la main qui la frappe, ô Seigneur!...
Pourquoi, Dieu juste et bon, semez-vous la douleur
Au sillon où toujours devrait croître la rose?
L'âme qui, chaste fleur, dans l'amour est éclose,

Devrait s'épanouir aux sentiers d'ici-bas,

Comme un lis embaumé que le froid n'atteint pas.

Comme l'on voit deux sœurs échanger de parure,

Donnez-lui la santé, la joie intime et pure

Qui luit sur mon visage, inutile ornement,

Et couvrez-moi, Seigneur, de ce voile alarmant

Que le mal, la souffrance, ont étendu sur elle...

Eh ! qu'importe, en effet, que mon œil étincelle ?

Que, du printemps encor conservant la fraîcheur,

J'apparaisse aux mortels, le front ceint de blancheur ?

Que m'importe d'errer dans les tranquilles plaines,

Pour aspirer du soir les suaves haleines,

Et rêver au doux bruit des ruisseaux murmurants ;

Ou de languir, Seigneur, dans des maux dévorants,

Et triste, désolée, en proie à la souffrance,

De voir s'éteindre en moi l'astre de l'espérance,

N'avoir pour compagnons que le mal et le deuil,

Et ne pouvoir jamais franchir mon triste seuil ?

Suis-je, comme elle, hélas ! l'urne aux anses vermeilles

Où trois jeunes enfants, léger essaim d'abeilles

Qui bourdonne sans cesse et voltige alentour

Viennent puiser la vie, et la joie et l'amour ?...

Suis-je, comme elle encor, l'âme, miroir d'une âme,

L'autel mystérieux où, concentrant sa flamme,

L'époux, voix qui résonne à l'horizon du cœur,

Vient étancher son âme au vase du bonheur ?...»

Comme un saule courbé sous le poids du feuillage,

L'époux sur sa poitrine inclinant son visage,

Le front pâle et les yeux rêveusement baissés,

Suivait le sombre cours de ces tristes pensers :

— «L'homme eut toujours, partout, deux ennemis sur terre :

La douleur, mer immense, effroyable cratère,

Où s'engouffre à jamais la faible humanité ;

Et la science, étoile, impuissante clarté,

Phare aux rayons douteux dont la flamme indécise

N'éclaire que la tombe, écueil où tout se brise.

Ainsi, la jeune mère, ange adoré par tous,

Dont la grâce et l'éclat naguère parmi nous

Rayonnait, comme l'aube, au sommet des collines,

Et qu'un vent glacial, échappé des ravines,

A jeté, frêle barque, au milieu des douleurs,

Malgré nos cris d'effroi, nos instances, nos pleurs,

Nul de ceux dont le monde honore la science,

N'est venu l'arracher de ce fond de souffrance...

Que dis-je? Ils sont venus, et, pareils au pêcheur

Penché des jours entiers sur un courant trompeur,

Ils se sont inclinés gravement sur sa couche,

Et ces mots désolants sont sortis de leur bouche :

« Souffrez sans murmurer, attendez sans gémir;

» En deux ans de repos, nous pouvons vous guérir...»

Pour l'homme, éclair de vie, éphémère existence,

Deux ans de solitude et de lente souffrance

N'est-ce pas, ô mon Dieu! deux siècles éternels?

Et si, gouffre béant creusé pour les mortels,

La douleur de nos jours dévore une partie,

A quoi, Dieu de bonté, se réduit notre vie!...

Et cependant, soumis à ce fatal décret,

J'accepte cette coupe et la vide en secret.

Vous voulez que deux ans elle souffre et gémisse,

Que votre volonté parmi nous s'accomplisse.

Mieux vaut que quelque temps, sans force, sans couleurs,

Elle languisse encor sur un lit de douleurs,

Et qu'après, fleur d'amour plus belle après l'orage,

Elle ouvre son calice aux enfants, son image,

Que la voir maintenant brillante de santé,

Et la perdre bientôt, après un soir d'été.

Pendant ce temps, au moins, partageant ses alarmes,

Je vivrai de sa vie et pleurerai ses larmes,

Et, pareil à l'enfant qu'au seuil d'un monde impur

On baigne dans l'eau sainte, et qu'on revêt d'azur,

A chaque instant du jour, je viendrai, solitaire,

Parfumer ma pensée à l'onde salutaire

Qui du cœur de la femme, île de volupté,

S'épanche au cœur de l'homme avec suavité...»

A genoux, et les mains jointes sur leurs poitrines,

Les trois petits enfants, jeunes âmes chagrines,

Rayons d'un même centre, échos d'un même cœur,

En ces mots, à voix basse, exhalaient leur douleur :

— «L'été vient de s'enfuir... Chaque feuille jaunie,

Chaque oiseau qui s'envole avec son harmonie,

Comme un trait déchirant nous traverse le sein.

Naguère on nous disait : » Volez, joyeux essaim,

» Bondissez, doux agneaux, dans les plaines fleuries;

» Le printemps pour l'enfance émaille les prairies.» —

Et nous trois, seuls alors, ingénus, confiants,

Nous voulûmes, un jour, dans les vallons riants

Folâtrer à notre aise et jouir sous l'ombrage

Des innocents plaisirs que l'on goûte à notre âge.

Mais notre cœur, azur qu'un nuage a terni,

Sentit soudain le poids d'un chagrin infini

Et saigna, transpercé d'une pensée amère :

Chaque oiseau qui chantait chantait près de sa mère ;

Chaque rayon doré qui tombait du soleil

Sur le cristal des eaux se reflétait vermeil ;

Et toute chose avait sa cause, son prestige,

Toute feuille sa branche, et toute fleur sa tige ;

Chaque voix, chaque bruit, flottants bourdonnements,

Murmure indéfini que font les éléments,

Avaient dans le lointain leur écho doux, sonore,

Qui les reproduisait tels qu'ils vibraient encore...

Et nous, nous étions seuls, sans notre mère, hélas !...

Nous n'avions point de mère attachée à nos pas...

Nous étions trois rayons sans miroir qui reflète,

Trois murmures charmants sans écho qui répète,

Trois rameaux de leur tige arrachés pour longtemps.

Aussi, dans la tristesse a passé ce printemps,

Et l'été, comme lui, s'est enfui morne et sombre,

Car un enfant sans mère, ô Seigneur ! c'est une ombre

Qui tombe au gré du jour et flotte au gré du vent;

C'est un vallon sans fleurs et sans soleil levant...

Rendez-nous-la, mon Dieu ! rendez-nous notre mère;

Sans elle, tout est triste et toute joie amère.

Rendez-nous-la, ravie et riche de santé,

Afin que sous l'éclat de sa douce beauté,

Nid d'oiseaux rassemblés sous l'aile maternelle,

Nos cœurs puissent enfin s'épanouir près d'elle;

Afin qu'ange gardien de nos jeunes destins,

Regard toujours ouvert sur nos jeux enfantins,

Et si frais qu'en passant l'étranger se demande :

—Est-ce vraiment leur mère ou leur sœur la plus grande?—

Toujours à côté d'elle, heureux petits enfants,

Nous grandissions, bercés dans ses bras caressants;

Afin qu'à tous nos pas constamment attachée,

Sa bouche, sur nos fronts incessamment penchée,

Comme une coupe aux bords ceints de festons rosés,

A travers un souris nous verse ses baisers :

Ainsi le vent du soir, délicieuse haleine,

Porte aux nids des coteaux les parfums de la plaine...»

Telle, à l'aube du jour, quand l'oiseau, dans les bois,

Module au Créateur les hymnes de sa voix,

Dans son nid, frais abri caché dans la feuillée,

La tendre tourterelle, à ces chants réveillée,

Lève sa blanche tête au gracieux contour

Et sur son doux ramier s'incline avec amour,

Telle, au gazouillement de ces voix enfantines,

Comme une vapeur blanche au versant des collines,

La malade, éveillée, avait penché son front

Vers sa famille assise à ses côtés, en rond.

—Non, jamais tes rayons, lune mélancolique,

Toi qui parfois, le soir, suave, sympathique,

Eclaires des tableaux solitaires, charmants,

Entretiens de famille, expansions d'amants,

Non, jamais tes rayons, lueurs du tabernacle,

Ne se sont épandus sur un plus doux spectacle.—

Sous les traits transparents d'idéale pâleur

Que sur un front de femme imprime la douleur,

Et que, pinceau divin, la beauté poétise,

Sur son lit de repos, la jeune mère assise,

Enlaçait ses enfants dans ses bras affaiblis,

Comme trois papillons enfermés dans un lis.

L'époux, le front penché sous une douce idée,

Mais l'âme encore, helas ! d'amertume inondée,

Contemplait, palpitant, ce gracieux tableau,

Et, comme un rayon d'or qui pétille sur l'eau,

Son œil, voilé des pleurs de la plus tendre extase,

Semblait boire en secret, comme on épuise un vase,

L'amour et les baisers qui passaient, frémissants,

Des lèvres de la mère aux lèvres des enfants.

Des deux côtés du lit, l'aïeule, avec sa fille,

Lumière, aide et conseil de l'aimable famille,

De leurs bras assouplis posés sur le coussin

Soutenaient la malade et son heureux essaim.

Lampe que dans l'azur, chaque soir, Dieu dépose,

Regard de la vertu priant quand tout repose,

La lune, dispersant les nuages des cieux,

Glissait furtivement sur ce groupe pieux

Le plus doux des rayons de sa blanche lumière,

Et l'emplissait d'amour, de vague et de prière.

On aurait dit Marie, au penchant de l'azur,

Ecartant de son front le voile chaste et pur

Pour contempler, émue, et bénir de ses mains

Un spectacle si rare aux foyers des humains.

Car jamais une plainte, à voix basse échangée,

N'a surpris ta vertu, jeune mère affligée.

Pareille à ce cristal qui, toujours transparent,

Sur les prés défleuris s'écoule en soupirant,

Toujours douce et riante en ta calme attitude,

Ange de patience et de mansuétude,

Tu souffres pour apprendre aux femmes à souffrir,

Aux hommes à prier, aux anges à bénir !

Novembre 1858.

LA MUSE.

LA MUSE.

Comme on voit sur la plage où la vague se brise
Le flot mêler sa plainte au soupir de la brise,
Elle chantait, mêlant la douceur de ses chants
Aux doux sons de sa lyre, hymnes purs et touchants.

Les vierges, les enfants, roses qu'un rayon dore,
Les mères, blanches fleurs que l'amour fait éclore,
Accouraient auprès d'elle, et, le cœur enivré,
Recueillaient chaque son de son luth inspiré.

Tel chaque oiseau, le soir, quand chante Philomèle,
Vole de branche en branche et vient, battant de l'aile,
Ecouter de plus près, ému, silencieux,
Les ravissants accords du chantre harmonieux. —

Mais l'homme, digne enfant d'une époque blasée,
Rameau qui, détaché du tronc de la pensée,
Et poussé par le vent de la cupidité,
Erre au milieu des flots de la réalité;

L'homme, esclave d'un Dieu qui l'éblouit, l'abuse,
Passa, froid et railleur, près de la jeune muse,
Et lui dit : « A quoi bon ces pieuses chansons?
» Chante argent et plaisirs, et nous t'applaudirons!... »

Mais elle, ange encor pur, détournant son visage
Comme une chaste enfant près d'une obscène image,
Poursuivit saintement ses chants mélodieux,
Une main sur son cœur et l'autre vers les cieux!...

LA COMÈTE.

LA COMÈTE.

DÉDIÉ A SON EXCELLENCE M. ROUHER,

MINISTRE ET SÉNATEUR.

Auch, 2 octobre 1858.

I

Quand l'aigle plane et tombe, à ses pieds, l'oiseau tremble :
Tels frémissaient jadis tous les peuples ensemble
A l'apparition des astres chevelus.
L'un disait — d'un œil fauve entrevoyant la tombe : —
« Voici le char ardent des fléaux absolus !
Voici l'affreuse énigme où la raison succombe ! »
L'autre : « Aux Dieux irrités offrons une hécatombe ! »
Et le sang jaillissait pour des Dieux dissolus.....

Plus tard, lorsque la croix eut usurpé l'Olympe,

— Car l'autel — et le trône où l'ambition grimpe,

Sur notre globe impie, ont les mêmes destins :

Quand, sur les flots du temps, abîme où tout ballotte,

Les révolutions, cratères mal éteints,

Des empires vieillis ont balayé la flotte,

L'autel change de Dieux, le trône de despote;

Et les peuples nouveaux naviguent incertains! —

Plus tard donc, en ces temps où la foi prophétique,

Rayon tombé, Jésus, de ton front poétique,

Versait splendidement ses premières clartés,

Lorsque Dieu dans les airs lançait ces phénomènes,

Chacun les regardait, dans les cieux serpentés,

Comme un glaive pendu sur les têtes humaines :

Maître et serf, peuple et roi, naïfs catéchumènes,

A l'autel aussitôt couraient épouvantés.

Les diacres déployaient les saintes oriflammes;

Les clercs jetaient leurs chants, et les cierges, leurs flammes;

Les âmes, leur prière, et l'orgue, ses soupirs.

Et, pour mieux conjurer tous symptômes critiques,

Les rois faisaient des vœux aux vierges, aux martyrs;

Les cloîtres s'élevaient pour les âmes mystiques;

Et l'on voyait du sol surgir les basiliques,

Comme une hymne de grâce ou de saints repentirs...

II

Mais aujourd'hui, plus rien! Ah! c'est qu'aujourd'hui l'homme

Ne relève — pitié! — ni des Dieux, ni de Rome!

Rome et Dieux, tout n'est plus qu'un songe dont il rit...

Comme un barbare assis sur d'antiques pilastres,

L'astronome, du haut de son sublime esprit,

S'est écrié : « Pas plus que tous les autres astres,

La comète ne peut présager de désastres! »

Et tous de confiance ont scellé cet écrit.

Et le peuple, insensé qui, faible et sans jactance,

De la joie aux frayeurs, du doute à la croyance

Passe sans trébucher, au gré de ses rhéteurs,

Le peuple maintenant ne voit dans ces prodiges

Que jeux inoffensifs des Dieux conservateurs.

Il contemple ces corps aux lumineux vestiges

Comme un rustre béat écoute les prestiges

Qu'un charlatan débite à ses sots auditeurs.

Pauvre fou !... Pourquoi donc toujours au plus habile

Confier le flambeau de ta raison débile?

L'homme ardent à tout croire est dans l'obscurité.

— Jaloux de ton bonheur et de ta quiétude,

Naguère tes tribuns, avec solennité,

Te dirent : « Nous glissons vers la décrépitude !

La honte d'un grand peuple est dans la servitude;

Sa gloire, son bonheur est dans la liberté ! »

Et toi qu'avec succès l'ambitieux adule,

Ces mots firent frémir ton cœur sombre et crédule;

Tu hurlas, comme un loup sous le feu des éclairs.

Tu brandis le poignard, et de ta main calleuse

De l'image des rois tu lacéras les chairs;

Et peut-être aurais-tu, fouillant dans les enfers,

Déifié plus tard l'antique entremetteuse !...

Mais le ciel eut pitié de ton erreur honteuse;

Et tu trouvas la gloire où tu voyais les fers ! —

Oui, la pensée humaine est vaste, immensurable;

Mais tant que Dieu sur nous du mystère insondable

N'aura pas soulevé le voile redouté,

Nul de ceux que la mort attend dans son empire

Ne pourra s'écrier : voici la vérité !

La certitude, hélas ! n'est qu'un être effronté

Que ronge par derrière un doute, affreux vampire.

Tel méprise l'objet vers qui tel autre aspire;

Ceci, vertu pour l'un, pour l'autre est lâcheté...

Quand des troupeaux de cerfs passent près d'un abîme,

Si l'un tombe, aussitôt l'autre accourt et s'abîme :

Ainsi l'homme souvent suit le faux ou le vrai.

Et si parfois du ciel quelque vérité tombe,

L'un en veut retrancher tout ce qui lui déplaît ;

L'autre en l'objet scindé trouve un immense attrait ;

Tel la coupe en triangle, et tel la veut en rhombe ;

Et la pauvre exilée implore et puis succombe,

Et nous arrive enfin comme un nain contrefait.

Et Dieu le veut ainsi !... Penseriez-vous peut-être

Qu'à l'homme, larve inerte et prompte à disparaître,

Il suffirait de dire : — aux sommets de l'orgueil,

Montons, et du Très-Haut recherchons la pensée, —

Pour que Dieu, de sa gloire ouvrant l'auguste seuil,

Dévoilât tout symbole et découvrît l'écueil

Où sombre des humains la raison insensée ?...

Chaque chose en son lieu doit demeurer placée :

Au ciel, la vérité; l'homme, au bord du cercueil !...

. . . .

. . . .

. . . .

III

Mais, voyez ! dans l'azur limpide
L'orbe enflammé vole en avant,
Jetant, comme un coursier rapide,
Sa tête et sa crinière au vent.

Devant lui, l'ombre se retire,
Et chaque étoile, à ce signal,
Sort de son rêve et semble dire
En frémissant : C'est un rival !

Mais lui, calme, il poursuit sa marche !...
Qu'est-il, ce géant radieux ?
Est-ce la mystérieuse arche
Par où les âmes vont aux cieux ?

Ou l'invisible sémaphore

Qui transmet le verbe divin ?

Ou le vaste pont du bosphore

De la vie aux siècles sans fin,

Et d'où l'œil ne voit point descendre

Les infernales déités

Que Dieu sur nos fronts laisse pendre,

Et qu'on nomme calamités :

La guerre à la figure blême;

La famine au geste absolu;

La misère, hideux problème

Qu'un saint apôtre a résolu;

L'anarchie, aux traits durs et jaunes,

Ou les sourdes commotions

Qui jettent les rois de leurs trônes,

Et les torrents sur nos moissons?

Est-ce ton drapeau, paix féconde,
Flottant sur l'Europe en repos,
Comme naguère sur le monde
Planait l'étendard d'un héros ?

Est-ce la trace du blasphème,
Un glaive, un défi solennel
Que l'impie et le malheur même
Lancent au front de l'Eternel ?...

IV

Non, non, pas plus que moi, vous n'avez de l'abîme
Qui de l'immensité sépare l'homme infime
        Sondé la profondeur !
A vous, pas plus qu'à moi, Jehova n'a pu dire :
« Tel signe dans les airs descendra vous prédire
        » La joie ou le malheur ! »

Mais alors, comme moi, prosternés sur la pierre,

De l'admiration laissez votre paupière

Verser les pleurs pieux !

Et que ce phénomène aux clartés ascendantes

Soit pour vous l'hymne saint et les strophes ardentes

Qui s'envolent aux cieux !...

V

Qui sait ?... Peut-être est-ce l'auguste épée

De l'archange Michel,

Qui dans les airs poursuit l'âme échappée

D'un forçat éternel;

Ou qui, sur nous promenant la justice,

Vient venger la vertu

De l'hypocrite et de l'esprit factice

Dont l'or s'est revêtu ?...

Qui sait encore?... ô gracieuse Reine !

  C'est peut-être ton char

Semant l'azur, dans l'élan qui l'entraîne,

  De lis, de nénuphar !

    .

Des séraphins la troupe virginale

  Cerne ton front béni;

Ton manteau blanc et ta robe d'opale

  Traînent dans l'infini;

Les Chérubins en soutiennent les franges;

  Et les vierges du ciel,

Pudiquement, du doux baiser des anges

  Y déposent le miel.

Tu planes, douce et sans inquiétude,

  Comme un regard de Dieu,

Versant ta grâce et ta mansuétude

  Au penchant du ciel bleu.

L'œil ébloui te devine et t'adore,

Comme un homme incliné;

L'oreille émue écoute, écoute encore

Un cantique alterné.

—C'est, dira-t-on, une voix fantastique,

Illusion des sens! —

L'esprit réel d'un siècle argentifique

N'en comprend point le sens;

Mais moi, quand l'ombre autour de chaque étoile

Se nuance d'azur;

Lorsque ta robe et ton immense voile

Flottent dans le ciel pur,

D'un œil pensif, j'aime à suivre ta course

Dans l'espace infini;

J'entends alors, comme un doux bruit de source,

Un chant indéfini :

Ce sont les voix des vierges et des anges,

Cortége de ton char,

Des amants purs dont les chastes phalanges

Portent ton étendard.

Et tous en chœur chantent, ceux-ci, voix graves :

« Prière ! chasteté ! »

Ceux-là, concerts divins, accents suaves :

« Amour ! amour ! beauté ! »

Et puis ces chants, ces voix mélodieuses

Me rappellent tout bas

Les bruits hideux, les voix licencieuses

Qu'on entend ici-bas :

Honteux plaisirs, fanges rassasiées,

Bruissement d'écus,

Piété feinte, âmes scarifiées,

Sentiments corrompus !....

Alors, astre inconnu, divin char de Marie,

Mon cœur désenchanté,

Echo secret d'amour, vers toi vole et s'écrie :

« Prière ! amour ! beauté ! »

Oui, beauté pour les cœurs qu'un baiser fait éclore !

Beauté pour l'innocent,

Et pour l'œil virginal que la pudeur fait clore

Devant l'adolescent !

Amour pour les fronts purs et pour l'âme ignorante

Des fièvres de ce jour !

Et pour ceux dont le cœur est une urne odorante,

« Amour ! prière, amour !... »

VINGT ANS.

6

VINGT ANS.

DÉDIÉ A MON AMI S. C. B.

Mai 1858.

I

Vingt ans! c'est l'urne où Dieu renferme l'espérance.

      C'est l'arche d'alliance

Qui joint à l'avenir le passé, le présent.

C'est l'aube où resplendit l'adolescent timide;

C'est le bassin d'azur qu'aucun souffle ne ride,

Où vogue, solitaire, un rêve séduisant.

C'est le seuil du palais d'où le plaisir s'élance;

C'est le désir lui-même, ardent de jouissance,

    Au langage harmonieux;

C'est la plus chaste odeur que la nature exhale;

C'est la nue aux flancs d'or, c'est la couche idéale

    Qui nous berce dans les cieux.

C'est le doux tremblement d'une âme qui s'épanche;

    C'est le vase qui se penche

Pour verser de l'amour les suaves parfums.

C'est tout ce que les flots et le ciel et la terre

Ont de volupté, d'ineffable mystère,

    Et d'enivrements communs.

C'est la blanche colombe, aux doux battements d'aile;

    C'est le cygne, fidèle

Au lac qui réfléchit son plumage si pur :

C'est l'aigle, au vol puissant, sans crainte, sans prudence,

Jaloux de son soleil, de son indépendance,

Qui pour champs a l'espace, et pour berceau, l'azur...

II

Ni les brises de mai, chaste souffle des vierges,
Ni tout ce que le temple étincelant de cierges
          A de mélodieux ;
Ni tout ce que la rose a d'odeur pénétrante,
Ni ce que le jasmin, le lis, neige odorante,
          Ont de délicieux ;

Ni ce que l'opulence a d'éclat magnétique ;
Ni ce que la nature a d'attrait sympathique
          Par un soir de printemps ;
Ni ce qu'un regard pur contient de poésie,
Ni ce qu'un baiser d'ange a de sainte ambroisie,
          Non, rien ne vaut vingt ans !

Vingt ans ! âge doré, firmament sans nuage,
Océan ébloui par l'éclatant mirage
          Des jeunes passions !

Azur où la candeur rayonne et se balance ;
Ciel où rêvent sans bruit la naïve ignorance
Et les illusions !

Vingt ans ! Des frais désirs amollissante arène !
Du fleuve de la vie île aimable et sereine
Qu'habite le plaisir !
Oasis enchantée où nous mènent les anges !
Riant coteau d'où l'œil, dans des splendeurs étranges,
Aperçoit l'avenir !...

III

Et moi, sans en jouir, j'ai franchi ce bel âge,
Et, sans le savourer, épuisé ce breuvage !
O folie ! ô regrets !
Indifférent aux jours que me filait la parque,
Des molles voluptés j'ai laissé fuir la barque,
Sans me suspendre à ses agrès !

Ah ! rendez-moi, Seigneur, les beaux jours que j'envie !

Regreffez ma pensée, à l'étude asservie,

Sur l'arbre du printemps !

Rendez-moi, rendez-moi ce qui ne se peut rendre :

La douce paix de l'âme et le regard si tendre

Qui tombe d'un œil de vingt ans !

Ah ! rendez-moi mes lis, mes boucles enfantines,

Les roses de mon teint, le sentier des collines

Frayé par les amants ;

L'irrésistible attrait d'un innocent sourire,

Et les vibrations d'une âme qui soupire

Dans de divins enlacements,

Afin que, moins prodigue et du temps et des choses,

Je prépare au plaisir une couche de roses,

Le plaisir que j'ai fui !

Afin que, connaissant le prix de la jeunesse,

Les cheveux ceints de myrthe et le cœur plein d'ivresse,

Je m'abreuve à l'amour dont j'ai soif aujourd'hui !...

IV

Mais qu'ai-je dit? Seigneur ! ô démence qui damne !
Ma bouche a blasphémé, mais mon cœur la condamne :
        Mon cœur est innocent.
L'ennui s'était glissé dans mon âme interdite;
Je parlais comme un fils de la race maudite,
Et j'oubliais, mon Dieu, que je suis votre enfant !...

J'oubliais qu'autrefois, front courbé par l'étude,
Amant de la pensée et de la solitude,
        Mes jours se sont enfuis
Frais, limpides et purs comme un jeune sourire,
Jusqu'à l'heure où j'osai, laissant vibrer ma lyre,
Dire au siècle : Voilà le but que je poursuis !

J'oubliais qu'à l'abri des embûches sans nombre,

Le coursier des désirs a passé sur mon ombre

     Sans me causer d'émoi;

J'oubliais : — ah! l'oubli, c'est le crime des hommes! —

Que toujours et partout, dans les maux où nous sommes,

Votre bras paternel s'est étendu sur moi.

J'oubliais : — oh! pardon! — que le plaisir consume,

Et qu'il n'est l'aliment que de ceux qu'on inhume

     Dans la frivolité.

J'oubliais que la terre est l'exil du poète;

Qu'il n'y doit reposer ni son cœur ni sa tête,

Pour qu'il s'envole un jour vers l'immortalité !...

LE CRIME IMPUNI.

LE CRIME IMPUNI.

Décembre 1858.

1

Il faisait nuit, — nuit sombre et pleine de mystère. —
Pas une étoile au ciel, pas un rayon sur terre.
Le vent dans les forêts sifflait lugubrement.....
Une humble et pauvre fille, enfant d'une chaumière,
     Seule à genoux, au fond d'un cimetière,
Pleurait sur un tombeau, disant amèrement :

« C'est donc ainsi, Seigneur, ô Maître impitoyable ! —

Que votre bras se venge du coupable !

Vous ménagez le crime et frappez la vertu...

Et toi, ma pauvre mère, ô femme infortunée !

Voilà donc où dix mois de chagrin t'ont menée !...

— O nuits ! cachez mon front de honte revêtu !

» Mais quel antre assez noir pourrait celer mon crime ! —

Quarante fois elle avait vu l'abîme

S'emplir, près du châlet, des neiges des hivers,

Et pourtant la beauté brillait encor sur elle ;

Car une mère est toujours jeune et belle,

Quand elle est à l'abri du souffle des revers.

» Elle était l'ornement de notre gai village.

Quand elle errait sous le tremblant feuillage,

Se mêlant aux ébats de son heureuse enfant,

Quoiqu'elle fût une humble paysanne,

Tant d'éclat rayonnait sur son front diaphane

Que chaque être pour elle articulait un chant :

» Bercé dans les rameaux par la brise des grèves,

    Le rossignol, voix qui porte aux doux rêves,

Précipitait ses chants pour lui faire sa cour ;

Les ruisseaux gazouillaient leurs notes argentines,

    Et les pasteurs descendaient des collines

Pour lui faire de loin un cortége d'amour.

» Mais, pour ternir l'éclat d'un beau ciel sans nuage,

Il ne faut qu'un brouillard ou qu'un rapide orage,

Comme il suffit d'un plomb pour tuer un oiseau.

Or, un jour, un chagrin inattendu, terrible,

    Tomba soudain sur cette âme sensible,

Et la fit frissonner comme un faible roseau.

» Elle n'avait, hélas ! qu'une enfant, une fille.

Comme il n'est point de feu sans flamme qui pétille,

On ne voyait jamais la mère sans l'enfant.

Un soir, on ne vit plus la fille ni la mère :

    Chacun alors, autour de la chaumière

Vint, la première nuit, rôder en chuchottant.

» Et l'on n'entendit rien qu'un gémissement vague,
Bruit confus des soupirs d'un homme qui divague,
Et des pleurs d'une femme en proie au désespoir...
Mais on apprit enfin qu'un séducteur infâme
    Avait ravi l'enfant de cette femme,
Et l'avait emmenée au loin, dans un lieu noir.

» Et depuis, chaque jour, saule qui penche et tombe,
La malheureuse, hélas! fit un pas vers la tombe,
Et succomba bientôt sous le poids des douleurs.
Et tandis que la mère épuisait ce calice,
    L'enfant coupable errait de vice en vice.
Etouffant ses remords et dévorant ses pleurs.

» Car le vil ravisseur, qui par une promesse
Avait séduit l'enfant naïve en sa tendresse,
L'avait abandonnée après un mois d'affront.
Alors, lui, sans rougir, revint parmi les hommes
Se ranger dans les rangs de ces faux gentilshommes
Qui brillent dans le monde, avec un crime au front.

» Mais elle, ange déchu traîné dans la souillure,

Victime dont la fange a noirci la parure,

A cet être maudit elle donna le jour !

Oui, maudit, pauvre enfant, car tu n'as pas de père :

 Il te renie… et moi qui suis ta mère,

Je ne puis sans opprobre avouer mon amour !

» — Enfant, ne pleure pas, nous pleurerons ensemble.

Tiens, place tes pieds nus sur mon sein qui tremble :

Laisse-moi confesser ma honte à ces tombeaux. —

 Quand cette femme outragée, avilie,

D'un front de chérubin vit sa couche embellie,

De sa robe de vierge elle prit les lambeaux,

» Et s'en fit, saint travail, une robe nouvelle,

Robe du repentir, non moins chère que celle

Qui voile, anges des cieux, vos corps immaculés.

Et, sous ce vêtement cachant son premier crime,

 Forte, elle osa s'arracher de l'abîme,

Et se réfugia dans des lieux isolés.

7

» Mais en quelque désert que s'enfuie un coupable,
Il emporte avec lui la marque abominable
De son ignominie et de son déshonneur.

A peine, hélas! la malheureuse mère,
Avait-elle abrité son existence amère
Sous l'aile d'un enfant nourri par son labeur

» Que chacun à l'envi s'en vint, la tête haute,
Lui cracher au visage, et, publiant sa faute,
La pendre au pilori :
Pareille, pauvre femme, à ces oiseaux funèbres
Qu'on accroche aux portails, et qui, dans les ténèbres,
A l'enfant effrayé font pousser un grand cri....

» Telle on voit sur les monts une errante nuée,
Telle on la vit plus tard, mourante, exténuée,
Errer avec son fils de hameaux en hameaux.
Ah! que de désespoirs! que de larmes versées!
Et que de nuits dans l'angoisse passées!..
Dieu, qu'il est lourd, sans toi, ce poids affreux de maux!..

» Que de fois, au milieu d'une horrible insomnie,

Oubliant et sa faute et son ignominie,

Elle rêvait encore à sa virginité,

  Et, dans un songe, elle criait : ma mère ! —

Mais son fils qui pleurait, couché sur la fougère,

La rappelait soudain à la réalité....

» Elle, autrefois si belle et si digne d'envie !

Elle à qui chaque objet souriait dans la vie,

Elle dont la blancheur faisait pâlir les lis !

Flétrie alors, foulée aux pieds de la luxure,

Elle allait, mendiant sa vile nourriture,

Le teint jaune et le front tout sillonné de plis !

» Mais enfin, redoutant — ô mon Dieu ! non pour elle,

Mais pour ce petit être encore à la mamelle, —

Redoutant le trépas à ses pas attaché,

Elle se dit : — « Allons, Dieu seul juge les âmes.

Dans les cœurs réprouvés, noirs de baisers infâmes,

  Lui seul peut voir un saint remords caché;

» Et le cœur d'une mère est la céleste source
Où, pareil au proscrit, au terme de sa course,
L'enfant souillé s'épure en de chastes amours.
Au sein de la bonté, de la miséricorde,
Allons verser les pleurs dont mon âme déborde,
Et, sous l'œil du pardon, voir s'éteindre mes jours !

» Elle se leva donc, — quoique faible et tremblante,
On la vit porter haut sa tête chancelante;
Car l'espoir est un feu qui ranime les morts.
Elle allait... déjà même, — illusion fatale ! —
Elle croyait, au seuil de la maison natale,
Voir son père attendri par ses cruels remords;

» Voir sa mère étouffer dans ses tendres étreintes
Sa fille noire encor des funestes empreintes
            De la séduction;
Voir ces pauvres parents pencher leur tête amie
Sur ce frêle orphelin éclos dans l'infamie,
Et le régénérer par leur adoption....

» Bien longtemps, nuit et jour, fuyant les grandes routes,

Et côtoyant les bois aux gémissantes voûtes,

Elle marcha, le corps inondé de sueur.

Enfin, elle arriva, sans force, haletante....

Une foule nombreuse, à genoux, sanglottante,

Obstruait le chemin... — Soutenez-moi, Seigneur !

» Et, le cœur poursuivi d'un pressentiment sombre,

Elle allait, demandant : Pour qui ces pleurs sans nombre,

Et ce cercueil qui marche, aux sons lents de l'airain ?

— On lui dit : Une femme avait une enfant chère.

Un lâche séducteur l'a ravie à sa mère;

    Et cette femme est morte de chagrin ! —

» Coup terrible !... A ces mots, se soutenant à peine,

Suffoquée, et le sang glacé dans chaque veine,

Elle fit en arrière un pas et s'affaissa....

Comme un brouillard épais enveloppait la roche,

Personne ne la vit... et la pleurante cloche

Domina ses sanglots.... et la foule passa....

» Bien des moments ainsi promptement s'envolèrent.

Dans le lit des torrents bien des flots s'écoulèrent;

Plus un feu ne brillait aux foyers des hameaux :

Car lorsque l'être humain est accablé d'angoisse,

Dieu permet quelquefois que sa raison décroisse

Pour qu'il ne sente pas tout le poids de ses maux.—

» Mais un cri de l'enfant, nu sur la terre dure,

Mourant de faim, glacé par la froidure,

Vint réveiller la mère évanouie encor;

Alors, prenant son fils qui se tordait par terre,

Elle vint en rampant jusque sur cette pierre,

Frissonnant comme un pauvre à l'aspect d'un trésor...

» Vents qui vous lamentez dans les cyprès funèbres;

Flots qui près de ces morts pleurez dans les ténèbres;

Nuages qui passez errants, échevelés,

Et vous, hautes forêts, gémissantes ramures,

Vous tous qui confondez vos soupirs, vos murmures,

Avec les cris des cœurs malheureux, désolés:

» Unissez vos soupirs, vos pleurs, vos voix plaintives,

Aux larmes de mon cœur depuis longtemps captives,

A mes gémissements de cris entrecoupés !

Ah ! pleurez avec moi... ma douleur est amère :

J'ai vendu mon bonheur, et j'ai tué ma mère !..

— Pleurons, mon fils, nos fronts sont maudits et frappés !

. . . .

. . . .

» O toi qu'après dix mois mon crime a poignardée !

Ma mère, par l'espoir secrètement guidée,

J'étais venue à toi pour te dire : pardon !

  Pardon ! pitié ! non pour moi, misérable,

Mais pour cet orphelin ingénu, non coupable ;

Ah ! ne le laisse pas mourir dans l'abandon !

» Pardon, car je pardonne au lâche qui, sans crainte,

Osa déshonorer une vierge, âme sainte,

Une humble jeune fille, être ignorant, obscur...

Pardon ! on m'a ravi ma chasteté de femme,

Mais je n'ai point perdu la blancheur de mon âme :

Le temple est profané, l'autel est encore pur !

» Mais, non... le sein rongé du remords que j'apporte,

J'arrive, défaillante, et... je te trouve morte...

Qui donc me donnera le baiser du pardon?

Mon père?... ô noirs cyprès qui soupirez dans l'ombre!

Avez-vous vu son corps recouvert d'un drap sombre

Franchir un soir ce seuil, précédé d'un brandon?...

» Vous ne répondez pas? ô sinistre présage!...

Coulez, coulez, mes pleurs; inondez mon visage:

L'ange déchu n'a plus de parents ici-bas...

Il faut mourir maudite! — Enfant, fruit de mon crime,

Bientôt je serai morte... Adieu pauvre victime!

Si quelqu'un passe ici, tends-lui tes petits bras...»

.   .   .   .

.   .   .   .

.   .   .   .

.   .   .   .

Elle dit, et, dressant son corps froid qui chancelle,

Place ainsi son enfant: les pieds sous son aisselle,

Et le front sur son sein non moins froid que l'acier,

Puis, repliant son corps, le couvre tout entier.

Elle espérait ainsi, la malheureuse mère,

Réchauffer son enfant à son souffle éphémère;

Mais son corps n'avait plus de force ni de feu :

C'était presque un cadavre appartenant à Dieu.

Car insensiblement sa tête qui succombe

Pencha, puis entraîna tout son corps sur la tombe...

II

En face de ce corps voilé par le brouillard,

Un homme, (on aurait dit un débile vieillard,

Tant ses cheveux blanchis éclairaient son visage !

Tant il semblait brisé par le fardeau de l'âge!)

Un homme, — le front nu, l'œil de larmes noyé,

Sur un bâton de houx pesamment appuyé, —

Vint, perçant lentement la brume de la combe,

S'agenouiller sans bruit au pied de cette tombe.

Il priait à voix basse, et le vent qui sifflait

Emportait chaque son de sa voix qui tremblait.

Longtemps il demeura plongé dans sa prière,

Sans ressentir le froid qui gelait sa paupière,

Et sans s'apercevoir que le contact des morts

Goutte à goutte glaçait tout le sang de son corps.....

La nature versait des pleurs par chaque pore :

Les torrents mugissaient dans l'abîme sonore;

Tous les chiens du village erraient en aboyant;

L'oiseau des nuits jetait son cri morne, effrayant;

Les bois étaient remplis de voix désespérantes,

De gémissements sourds, de plaintes déchirantes,

Et les rochers, drapés de nuages obscurs,

Noirs lambeaux étendus sur des spectres impurs...

— Fuyez les nuits d'hiver, ô vous, heureux du monde,

Qui vivez sans regrets, et que la joie inonde !

Mais vous qui n'avez plus de bon ange gardien,

Et n'avez que les pleurs pour pain quotidien;

Et vous, cœurs labourés par un fer invisible,

Qui cachez la douleur sous un regard paisible;

Et vous, vases d'amour, âmes, parfums du ciel,

Que le monde rieur ose abreuver de fiel;

Vous aussi, cœurs penchés sur un luth qu'on méprise,

Ruisseaux de poésie, ondes qu'un écueil brise,

Dont le sort détourna le cours aux flots sacrés

Pour en tarir la source en des lieux ignorés,

Vous tous dont l'existence est austère, embrunie,

Aimez des nuits d'hiver la lugubre harmonie.

Quand les toits fortunés sont assoupis, fermés,

Et qu'au dehors, pareils à des loups affamés,

Les fougueux aquilons courent dans les ténèbres,

Poussant dans les forêts des hurlements funèbres;

Venez alors, chargés du poids de vos douleurs,

Le confier aux nuits et leur verser vos pleurs.

Moins durs et moins cruels que le cœur de vos frères,

Les bois, les vents, les flots, compagnons funéraires,

Comme autour d'un cercueil on médite, à genoux,

Viendront à vos côtés pour pleurer avec vous. —

Mais le vent replia son aile furieuse;

Et l'ombre tout à coup devint silencieuse.

L'infortuné vieillard qu'une douleur brisait

Etait encor courbé sur la tombe... Il disait :

« Mon Dieu, prends en pitié ta pauvre créature.

Quarante ans, de bonheur tu daignas me nourrir;

Mais je te l'ai payé par dix mois de torture :

Je ne te dois plus rien... Ah ! laisse-moi mourir !...

» Quand sur ses bords flétris où la neige s'entasse,

Le fleuve ne voit plus de frais tapis de fleurs,

Il se laisse enfermer dans un tombeau de glace,

Et là, seul, il gémit et rêve à ses douleurs.

» Le vent des passions, puis le désespoir sombre

Ont effeuillé le lis qui parfumait mon cœur.

Désolé maintenant, comme un saule dans l'ombre,

Que faire désormais, sinon mourir? Seigneur !

» Quand deux cœurs ici-bas se sont unis ensemble

Pour porter un chagrin, dur et pesant fardeau,

Pour leurs cadavres nus, quel bonheur, ce me semble,

De se sentir encore unis dans le tombeau !

» Fais-moi place, être aimé qui partis sans m'attendre.

L'aube du fossoyeur baigne déjà le seuil;

Lui-même va venir... bientot tu vas l'entendre

Mêler les deux époux dans un même cercueil...

» Alors, seuls, toujours l'un près de l'autre, à voix basse,

(Les morts seraient jaloux, s'ils entendaient nos voix),

Nous redirons ensemble à chaque ombre qui passe

Les beaux jours, le bonheur que nous eûmes tous trois.

» Tous trois ! Ah ! qu'ai-je dit?... Pardon, ombre blessée.

Seigneur, pardon !... je ne veux plus la mort.

Cette tombe, en entier, absorbait ma pensée;

J'oubliais mon enfant... Je la veux voir encor...

» Quinze ans, rempli d'un bonheur sans mélange,
Je ne vécus, mon Dieu, que par elle et pour toi.
Toujours accompagné de son beau regard d'ange,
  Quinze ans le ciel habita sous mon toit.

  » Lorsqu'un pasteur perd au flanc des collines
    Un agneau blanc à peine encor sevré,
Revient-il sans chercher dans les roches voisines
Et sans rendre au bercail le mouton égaré !

» Et moi, je veux aussi, parcourant les campagnes,
    Chercher les pas de ma jeune brebis,
    La ramener, la rendre à ses compagnes,
Et lui faire oublier les maux qu'elle a subis.

» Mais en quel triste état, hélas ! la reverrai-je ?
    Blême, avilie, et l'œil éteint,
Et sa robe, autrefois plus blanche que la neige,
    Jaune comme un feu de festin !

» Qu'importe ?... Avant ma mort, pourvu que je lui donne

Un baiser de pardon : ce baiser suffira.

Ce baiser à l'enfant vaut mieux qu'une couronne :

Ce baiser la purifîra...

» Ah ! maudit soit le séducteur infâme

Qui me prit mon enfant, joyeux de la souiller,

Et qui du cœur de cette jeune femme

Fit à son vice impur un impur oreiller !

» Maudit !... Non, non; chacun lui sourit, au contraire.

Quand on a le cerveau creux et l'esprit oisif,

A quelque chose il faut bien se distraire :

A flétrir, par exemple, un front blanc et pensif...

» Mais on répudîra la pauvre jeune fille,

Naïve et sans soupçon du mal,

Que fascine l'éclat d'un monceau d'or qui brille,

Et qui vend, à ce prix, son voile virginal.

» Beau plaisir, en effet, ô jeunesse frivole !
D'éclairer de flambeaux un corridor obscur,
Et ricaner à voir que chaque mouche y vole,
Pour y brûler son aile ou d'ébène ou d'azur !...

» Mais que vous font nos pleurs? Autour de nos chaumières,
Loups ravisseurs, rôdez et guettez nos enfants....
Il est doux, n'est-ce pas? de voir pleurer les mères,
   Et de séduire un ange de quinze ans !

» Entassez dans vos cœurs victimes sur victimes;
L'un sur l'autre immolez tous les oiseaux du nid.
Les lois de chaque peuple atteignent tous les crimes :
   Le vôtre seul est impuni !...,

. . . .

. . . .

. . . .

. . . .

Il dit. — Une heure après, le jour se leva pâle.

Le fossoyeur passa sur la route fatale.

Il entendit un cri dans l'enclos du trépas :

Étonné, vers la tombe il dirigea ses pas.

Il y trouva deux corps étendus sur la pierre,

Et sous le corps de celle, hélas ! qui fut sa mère

Et qui semblait encore l'étreindre avec transport,

Un pauvre petit être engourdi, presque mort....

Le vent qui, sans le rompre, ébranle un faible arbuste,

D'un seul coup de son aile abat le pin robuste :

Ainsi, dans sa douleur, le père infortuné

Succomba tout à coup, sur le sol prosterné.

Quand il eut exhalé tout le fiel de ses peines,

Tout son sang à son cœur reflua de ses veines;

Puis, inclinant le front comme pour s'assoupir,

Son souffle s'envola dans un rauque soupir.

Pauvre père ! il mourut sans voir dans l'enclos sombre

Un corps qui devant lui se débattait dans l'ombre;

8

Sans entendre les cris de ce frêle orphelin
Qu'abritait, dans la nuit, l'aile d'un chérubin;
Et sans savoir, hélas ! (Dieu, pourquoi ce mystère ?)
Que ce cadavre inerte, étendu sur la terre,
C'était de son enfant le corps inanimé,
Oui, cet enfant coupable et pourtant bien-aimé
Qu'il attendait, brûlé d'un désespoir extrême,
Pour le régénérer par un baiser suprême....

On ouvrit le tombeau que couvraient ces deux morts;
Dans un même cercueil on déposa leurs corps.
Ces trois infortunés, le père et les deux mères,
Séparés un moment par des maux éphémères,
Sous l'aile de la mort, dormirent réunis...
L'orphelin resta seul. — Quand on détruit les nids,
Dieu nourrit les oiseaux. — Or, Dieu sera son père,
Et votre charité, riches, sera sa mère.

LA CASCADE DE NANTUA.

LA CASCADE DE NANTUA.

Du chemin de Chamoise, Mai 1857.

DÉDIÉ A MADAME D..., DE NANTUA.

I

Harmonieuse cascade,

 Sérénade

De la nymphe des ruisseaux,

Le matin que j'aime entendre

 Le bruit tendre

De tes blanchissantes eaux !

De tes roches entr'ouvertes

Et couvertes

Des nids des aigles altiers,

Ton flot jaillit, se balance,

Et s'élance

Dans ses rapides sentiers.

Quand l'aube se lève, humide,

OEil timide

Tu lui souris doucement,

Et ton onde rafraîchie

Et blanchie

Reluit comme un diamant.

Alors, charmante coquette,

Sous l'herbette

Le zéphir te fait la cour;

Puis, vous chuchottez ensemble

Sous le tremble,

Frais abri de votre amour.

L'oiseau que l'aurore éveille

Et l'abeille

Viennent puiser à tes eaux :

L'un chante avec ton murmure,

L'autre épure

Son doux miel à tes cristaux.

Mais lorsque l'astre étincelle

L'or ruisselle

Sur la roche où tu bondis,

Et tes perles empourprées

Et dorées

Brillent dans les prés verdis.

Alors, ton onde éclatante

Epouvante

La mouche au corps safrané;

Aucun oiseau ne t'approche...

Sur la roche

Ton flot tombe abandonné.

Chez nous, quelle différence !

L'opulence

Séduit l'homme et l'éblouit.

Pauvre, chacun, ô sottise !

Vous méprise ;

Mais riche, tout vous sourit...

II

O cascade harmonieuse

Et joyeuse !

Pourquoi, dans l'orage affreux,

Quand l'herbe que tu fécondes

De tes ondes

Se couvre de flots fangeux,

Pourquoi l'essaim qui t'embaume,

Sous son chaume

S'enfuit-il, loin de tes eaux ?

Pourquoi sur ton bord qui fume

Sous l'écume,

Ne viennent plus les oiseaux ?...

Hélas ! l'homme te ressemble :

Quand il semble

Heureux, il a des amis ;

Mais si les malheurs le frappent,

Tous s'échappent

En l'accablant de mépris.

III

Toi qui, ce soir, sur la mousse.

Sans secousse,

Tombes avec un doux bruit.

Toi qui mollement t'épanches,

Et te penches

Pour soupirer dans la nuit,

Vois-tu la fleur taciturne

Dans ton urne

Rafraîchir son tendre émail ?

Vois-tu boire au flot qui tombe

La colombe

Et les troupeaux du bercail ?

L'oiseau, la brebis, la rose,

Toute chose

Sur tes bords chante ou fleurit :

Telle l'âme, à son aurore,

Chaste encore,

Dans l'amour s'épanouit.

IV

Quand l'azur des cieux se voile,

Quand l'étoile

Scintille sur les ormeaux,

J'aime entendre aussi ton onde
    Vagabonde
Gazouiller dans les rameaux.

Alors, si j'ai quelque peine
    Inhumaine,
Mon cœur soupire avec toi,
Ou si mon âme est joyeuse,
    Onde heureuse,
Ta nymphe chante avec moi.

Ainsi, sur la jeune fille,
    Fleur qui brille
Sur le rivage des cieux,
Un ange pose son aile,
    Et comme elle
Pleure ou chante, gracieux.

LA PRIÈRE A DEUX.

LA PRIÈRE A DEUX.

A THÉA.

I

Sens, mai 1856.

Eveille-toi, bel ange que j'adore !
Sous les rameaux l'oiseau sommeille encore :
Viens, précédons le lever de l'aurore
    Pour rendre grâce à l'Eternel !
L'aube sourit à peine aux bords de la nature ;
La nuit s'étend encor sur chaque créature ;
Viens, notre voix vers Dieu s'élèvera plus pure
    Dans ce silence solennel !

Mets sur ton front que l'amour environne

Ton voile blanc et ta blanche couronne,

Et gravissons la colline où rayonne

La fraîche étoile du matin.

Et quand ton âme aura répandu sa prière,

Les vierges de Marie, en phalange légère,

Reconnaissant leur sœur, descendront sur la terre

Pour recueillir ton chant divin.

II

Tu diras : Sur ces bords où tout n'est qu'amertume,

Où l'âge éteint le feu que l'espérance allume,

Permets, Seigneur, qu'un peu d'amour parfume

La voie où nous errons, loin des chemins frayés !

Nul cœur aimant et pur, tendre oiseau solitaire,

Ne peut, sans une sœur, voler sur cette terre :

Ne maudis pas la source au doux mystère

Où nous puisons l'amour, l'un sur l'autre appuyés...

III

Et moi, je m'écrirai d'une voix attendrie :

Merci, mon Dieu, merci pour la rose chérie

Que ta main transplanta des bosquets de Marie

      Au jardin de mon cœur !

Oh ! bénis-la sans cesse.—Oh ! bénis-moi pour elle.

Conserve-la toujours pure, innocente et belle,

Et protége ici-bas cette fleur immortelle,

      Berceau de mon bonheur !

Semblable au rayon d'or qui, perçant le nuage,

Révèle le soleil caché pendant l'orage

Et vient au nautonnier, muet sur le rivage,

      Annoncer un beau jour,

Me dévoilant la sphère où la foi nous entraîne,

Elle a fait entrevoir à mon âme incertaine

Les chastes voluptés et la paix souveraine

      De ton divin séjour.

9

Elle est à l'âge heureux où la vie est riante,

Où le cœur par le vice est à peine effleuré :

Ainsi, sur un bassin, la brume assombrissante

S'allonge sans rider le cristal azuré.

Son âme chaste est un miroir limpide

Qui réfléchit des cieux l'éclat brillant et pur;

Et sa paupière est un voile timide

Qui te cache, ô mon Dieu ! sous son tissu d'azur.

Elle a la voix chantante et gracieuse

Des anges inconnus, phalange harmonieuse,

Qui voltigent sans cesse autour d'un front rêveur.

Nulle ombre d'ici-bas n'obscurcit son aurore.

Elle est jeune et sans tache; elle m'aime et t'adore :

Mon trésor le plus cher, c'est l'amour de son cœur.

L'innocence et l'hymen ont tressé sa couronne...

Ah ! ne condamne pas l'amour que je lui donne :

Mon cœur en l'adorant ne t'en aime pas moins.

Ma passion pour elle est une pure flamme
De l'amour infini que de nous tu réclame :
Te servir et t'aimer sont l'objet de mes soins.

Mais si, pour éprouver notre âme,
Tu permets, ô mon Dieu ! que le malheur, un jour,
Nous couvre de son aile infâme
Et ternisse l'azur du ciel de notre amour,

Ah ! ne permets jamais qu'il s'abatte sur elle,
Mais bien sur moi, Seigneur !... Oh ! oui, toujours sur moi !
Moi, je suis un coupable, un roseau qui chancelle ;
Mon cœur n'est pas encore assez digne de toi.

Mais elle, c'est le voile aux radieuses franges
Que la vertu revêt pour descendre des cieux ;
C'est un ange fidèle, et jamais sur tes anges
Le malheur n'a porté ses coups injurieux !

O Dieu! ne touche pas à la femme adorée,

A la vierge du ciel sur la terre égarée

Qui nuit et jour épanche en mon âme altérée

La coupe de bonheur que tu mis en ses mains!

Tranche, tranche plutôt le fil de nos années,

Et permets, ô Dieu bon! que nos deux destinées,

Comme pendant la vie, à la mort enchaînées,

S'échappent à la fois du séjour des humains!...

PARAPHRASE DU MEMORARE.

PARAPHRASE DU MEMORARE.

A MARIE.

DÉDIÉ A MADAME B...

O Vierge! souviens-toi des tendres jeunes mères
Qui, souffrant sans gémir sur un lit de douleur,
T'offrent leurs maux cruels, leurs angoisses amères,
Et nous donnent à nous des anges du Seigneur.

O Mère! souviens-toi des humbles toits de chaume,
Des sentiers tortueux d'où les enfants, pieds nus,
Accourent te chanter un harmonieux psaume,
Un cantique de fête aux accents ingénus.

O Vierge! souviens-toi des chastes jeunes filles
Qui ne cherchent l'ombrage aux suaves douceurs
Que pour dire ton nom aux échos, aux charmilles,
Et pour cueillir pour toi les parfums et les fleurs.

Lorsque la passion dans leurs âmes bouillonne,
O Vierge! souviens-toi des beaux adolescents
Qui viennent, dans ton sein, gracieuse Madone,
Confier leur amour, leurs soupirs innocents;

Et qui, des voluptés brisant la coupe indigne,
Préfèrent aux splendeurs un cœur doux et chrétien,
Et l'un l'autre enlacés, comme deux jets de vigne,
Ne forment qu'un seul cœur, ô Vierge! dans le tien.

Souviens-toi des rameaux mutilés par l'orage,
Où jadis, frêle enfant, je trouvais un abri ;
Des vieillards dont le front ceint du bandeau de l'âge
S'éclaire, en murmurant ton nom frais et chéri ;

Des pasteurs de l'Agneau, des apôtres austères
Qui dirigent notre âme aux champs de l'Eternel,
Des vierges de Jésus, blanches fleurs solitaires
Qui croissent loin du bruit sur le chemin du ciel.

Souviens-toi des chrétiens que la fortune inonde,
Protecteurs des berceaux et soutiens des aïeuls,
Qui, semant sur leurs pas leur charité féconde,
Sont riches pour le pauvre et pauvres pour eux seuls.

O Reine ! souviens-toi de ces âmes sublimes
Qui propageant ton culte au sommet des grandeurs,
Se plaisent à descendre aux rangs les plus infimes
Pour y verser leur baume et d'aumône et de pleurs.

Souviens-toi du fidèle, accablé d'amertume,

Des bardes inspirés qui t'ont voué leurs chants,

Des cœurs désenchantés que le chagrin consume,

Des veuves sans espoir qu'insultent les méchants,

Marie, ah ! souviens-toi des misères humaines,

Des maux dont les soupirs échappent aux mortels,

Des regrets, des douleurs et des larmes soudaines

Dont le flot ignoré s'épanche à tes autels.

Souviens-toi que l'on n'a jamais entendu dire

Qu'on ait mis vainement sa confiance en toi :

A celui qui t'invoque un rayon vient reluire...

Moi, je t'aime et te prie... Oh ! souviens-toi de moi !...

Auch, 15 août 1858.

INNOCENCE.

INNOCENCE.

DÉDIÉ A MADEMOISELLE M. P..., DE NANTUA.

Belle enfant, ce que j'aime en vous,
Ce n'est ni le parfum de myrrhe
Que votre haleine épand sur nous;
Ni votre fraîcheur qu'on admire;
Ni votre front si pur qu'on le baise à genoux;
Ni vos lèvres, berceau de l'ange du sourire;

Ni votre voix, écho suave, virginal,

Musique aérienne et si douce aux poètes

Qu'elle éveille en leur cœur tout un monde idéal

Et que le ciel pour eux, c'est la place où vous êtes;

Ni vos yeux bleus, pleins de rayons,

Où flotte votre âme candide,

Comme l'astre d'argent, sur un golfe limpide;

Ni vos naissantes passions;

Ni le voile d'illusions

Qui vous cache la vie aride;

Ni votre cou si souple, albâtre transparent;

Ni vos cheveux de soie, ondoyante couronne

Qu'on baise à votre insu, quand, magique torrent,

La danse les dénoue, au bal qui tourbillonne;

Ni votre enfantine gaîté,

Chaste rayonnement de vos chastes pensées;

Ni votre esprit naïf, ni votre aménité,

Etincelles de grâce à vos lèvres placées;

Non... Mais ce que j'adore en vous,

Fraîche enfant, c'est votre innocence

Qui rend votre regard si doux,

Si belle votre adolescence,

Et que Dieu préfère, a-t-on dit,

A la chasteté de ses anges :

L'ange est pur comme vous, mais il vit loin des fanges,

Et l'enfant est un lis né sur un sol maudit.

II

Mais, prenez garde, ô jeune fille !

Un brouillard d'hiver, souffle impur,

Peut ternir l'astre qui scintille

Dans les replis d'un ciel d'azur !

Le vent du soir éteint le cierge

Qui brûle à l'autel de la Vierge,

Par vos chastes mains déposé !

Et, parfum que le feu dévore,

L'encens bien vite s'évapore

Quand son vase tombe brisé !...

Gardez votre trésor, ô mère !

Enfant, gardez votre candeur

Qui fait qu'en cette vie amère

Vous croissez, pleine de splendeur,

Comme une fleur dans les épines,

Ou comme du fond des ravines

S'élève une blanche vapeur

Qui, mystérieuse auréole,

Grandit toujours, monte et s'envole

Couronner quelque mont rêveur !...

Ah ! veillez sur votre innocence !

C'est un radieux ornement

Qui pare mieux l'adolescence

Que le plus riche diamant.

Veillez... De votre robe d'ange

N'accrochez pas la moindre frange

Aux buissons du chemin où se perdent nos jours !

Le seul bonheur de cette terre

Est enveloppé d'un mystère :

Vous l'avez, jeune fille, oh ! gardez-le toujours !

LIVRE DEUXIÈME.

VIDI, SEPPI, DISSI.

VIDI, SEPPI, DISSI.

Paris, 185.....

A UN NOBLE CŒUR.

1

Mon urne ne contient que vingt-cinq nombres roses,
Et déjà cependant, témoin impartial,
J'ai vu souvent changer le nom de toutes choses,
Le mal pris pour le bien, et le bien pour le mal.

J'ai vu — temps d'anarchie, époque expiatoire, —
Le peuple rugissant expulser les Tarquins.
J'ai vu, gonflés d'orgueil, les préfets du prétoire
Se disputer entr'eux et trône et baldaquins.

J'ai vu tomber l'autel sous les coups de l'esclave,
Le grand-prêtre exilé par les conspirateurs,
Périr la république aux pieds d'un autre Octave,
Et les forums couverts des faisceaux des licteurs.

J'ai vu les Marius, les tribuns populaires,
— Aussi petits qu'un nain sur un grand éléphant —
S'écouler, disparaître, enfants pleins de colères,
Au geste impérieux d'un César triomphant.

J'ai vu la multitude, altière, exaspérée,
Brandir votre poignard, Cassius et Brutus;
Puis, vaincue, épuisée, humble, désespérée,
Baiser l'anneau de paix d'un bienveillant Titus.

J'ai vu les Lucullus, les Syllas, les Mécènes,

— Tous gens dont on adule à grands coups d'encensoir

Le crédit, les trésors ou les penchants obscènes, —

Superbes le matin, vilipendés le soir.

J'ai vu l'homme railler ce qu'on aimait naguère,

Aimer ce que jadis on aurait méprisé.....

J'ai vu l'ambitieux broyé par le vulgaire,

Puis, le peuple, à son tour, par le riche écrasé.

J'ai vu l'âge nouveau renier les vieux âges;

L'arrogance et le vice en vertus érigés;

La foule à l'infamie accorder ses suffrages,

Les Crésus en honneur, les Probus outragés.....

Alors, je me suis dit : Tout n'est que fantastique.

La folie est ici, la sagesse est ailleurs.

Six mille ans ont foulé ce sol problématique,

Et les hommes n'en sont ni plus grands, ni meilleurs.

D'un destin inconnu tout suit les lois fatales.

Tout peuple, à son aurore, enfante des Catons;

Mais bientôt des Numas l'on souille les Vestales,

Puis, le crime devient la vertu des Dantons.

Or, puisque rien n'est sûr, puisque tout est frivole;

Puisque l'homme, aujourd'hui non moins sot qu'autrefois,

Encense chaque jour une nouvelle idole,

Et jette aux grands sa haine et l'ostracisme aux rois;

Puisque tout n'a qu'un temps de splendeur et de vie;

Puisqu'un siècle maudit ce qu'un autre adora,

Et que dans cette sphère où chaque esprit dévie,

Ce que nous bâtissons, l'enfant le détruira;

Puisque ici-bas tout passe, et puisque rien n'est stable,

Ne désespérons pas — l'espoir en est urgent —

De voir bientôt crouler le temple détestable

Où chaque homme aujourd'hui rend hommage à l'argent.

Depuis assez longtemps, l'or, statue aux yeux jaunes,

Plane même au-dessus des fronts supérieurs :

Il faut, vertus, talents, reconquérir vos trônes,

Et reléguer Plutus aux rangs inférieurs.....

II

Je sais bien qu'à moi seul, créature ignorée,

Je ne pourrai jamais arrêter le torrent;

Mais, pourvu que ma main, quoique mal assurée,

En détourne un seul flot, je passerai content.

Je sais que, faible encor comme une voix de femme,

Ma jeune voix se perd dans le peuple assemblé;

Mais, pourvu qu'un seul cœur, tendre écho de mon âme,

En recueille un accent, mon vœu sera comblé.

Je sais que l'arbrisseau, quand le givre l'enchaîne,
Gémit, voyant tomber ses jeunes rameaux verts;
Mais l'été va venir; alors, robuste chêne,
Il pourra, dédaigneux, résister aux hivers.

Je sais d'un vieux marin, intelligent pilote,
Que ce siècle est un bord obstrué de recifs,
Où l'on voit la croyance, humble comme un ilote,
Errer loin du sophisme et des regards lascifs.

Je sais, quand Dieu le veut, que tout change de forme;
Qu'il fait naître le bien des entrailles du mal;
Qu'au gré de Jéhova, l'être le plus difforme
Peut rentrer en son sein, purifié, normal;

Que le vice est la claie où, céleste martyre,
La vertu souffre et meurt pour remonter aux cieux,
Pareil à ce bûcher d'aloès et de myrrhe
Où renaissait plus beau l'oiseau mystérieux.

III

Mais, quelque grands que soient les travers de cet âge,
L'homme né pour penser doit parler sans effroi.
Obscur ou triomphant, tout penseur est un sage
Qui se doit imposer la vérité pour loi.

Car nul tyran ne peut enchaîner la pensée.
Il faut qu'elle jaillisse en faisceaux éclatants,
Ou qu'elle coule à flots sur la foule amassée
Des lèvres du génie ou d'un cœur de vingt ans.

Vingt ans! eh! n'est-ce pas l'âge de la droiture,
Où l'on est juste et grand comme au temps d'Adrien?
Quand on est chargé d'ans, impassible nature,
Souvent, fatal arrêt, l'on n'est plus bon à rien.

Ai-je besoin d'avoir l'autorité de l'âge
Pour dire que ce siècle est égoïste et bas ?
Je redirai toujours (car un aveu soulage)
Ce que j'ai déjà dit, ce qu'on pense tout bas :

« Riches, ballons enflés, votre œuvre est périssable.
Luxe, écus d'or, honneurs, beaux rêves décevants,
Eclairs que tout cela, chimères, grains de sable,
Frivole encens, vapeur que dispersent les vents!

» Si vous ne reniez l'intérêt, dieu sordide,
Et l'arrogance à qui votre esprit s'est vendu,
Prenez garde, enrichis!... Dans l'avenir splendide
Je vois un bras vengeur sur vos têtes pendu.

» Femme, berceau d'amour et de vertu sublime,
Front marqué d'une étoile, être immatériel,
Phare allumé par Dieu sur le bord de l'abîme
Pour nous montrer de loin un pan brillant du ciel;

» Si le luxe a franchi ton chaste sanctuaire,

Si la simplicité ne te reconnaît plus,

Femme, couvre ton front du crêpe mortuaire;

Tu n'as plus l'auréole et l'attrait des élus.

» Vous, pasteurs des esprits, penseurs, savants, génies,

Etincelles du feu qui crée ou reconstruit,

Si vos progrès sont grands, vos gloires infinies,

Vous en avez déjà fait beaucoup trop de bruit.

» Vous, fronts inférieurs, — noirs escaliers sans rampe,

Où la compassion n'a jamais mis le pied,

Où la cupidité descend la nuit sans lampe

Baiser du dieu de l'or le chancelant trépied ; —

» Si la vertu, la foi, luminaire des âmes,

N'éclaire pas enfin ce sombre intérieur,

Vos jours s'écouleront misérables, infâmes,

Comme un objet sans prix à la voix du crieur...»

Je redirai toujours : « Vous qui, dans l'opulence

Conservant de vos cœurs le premier élément,

Comme un enfant paré de grâce et d'innocence,

Adoptez la douceur pour unique ornement ;

Vous qui, des dignités acceptant les insignes,

Restez sourds à la voix de la présomption,

Eloignant de vos cœurs ces compagnons indignes

Que l'on nomme égoïsme, orgueil, corruption ;

» Vous qui d'un nom fameux maintenez le prestige

Par votre aménité, ce doux reflet des cieux,

Et vous qui, du passé gardant chaque vestige,

Enseignez à vos fils les vertus des aïeux,

» Gloire à vous, cœurs intacts, fronts sans livide empreinte !

Si l'anarchie un jour rallume ses brandons,

Nous la verrons encor, sans haine ni contrainte,

Pardonner aux mauvais en souvenir des bons. »

Je redirai toujours : « Courage, saints pontifes.
La foi va s'éteignant, et l'on raille la Croix.
Dans ce siècle infecté de vertus apocryphes,
Il faut pour nous instruire et l'exemple et la voix.»

Je redirai toujours : « Soyez doux et modestes,
Jeunes gens, héritiers d'un siècle châtié.
Modestie et douceur, ce sont deux sœurs célestes
Dont le sage autrefois recherchait l'amitié.»

Je redirai toujours : « Enfants, restez candides ;
Jeunes femmes, soyez toujours belles sans fard,
Afin que vous passiez auprès de nous, splendides
Comme un rayon d'été dans l'automne blafard. »

« Restez simples de cœur; car, sachez-le, mes anges,
La hauteur, l'intérêt corrompt tout ici-bas.
Cet âge eût accompli des miracles étranges,
Sans ces deux ennemis qui l'ont jeté si bas.....»

PRIE, ENFANT DE MARIE!

PRIE, ENFANT DE MARIE !

A MADEMOISELLE EUDOXIE R.

Mai 1857.

Prie, ô jeune fille ! prie...

Epanche aux pieds de Marie

Le parfum de tes vertus,

Comme jadis Madeleine

Répandit son urne pleine

Sur les pieds saints de Jésus...

Vois, tout célèbre Marie !

Dans la nature fleurie,

Jeune et belle comme toi,

Mille voix, mille harmonies,

Vibrations infinies,

Lui chantent amour et foi.

Ton âme chaste et sincère

Est faite pour la prière,

Comme l'or pour le saint lieu.

Que ta pensée et ta vie

S'envolent donc vers Marie,

Ainsi que l'encens vers Dieu.

Prie avec la fraîche aurore,

Avec la rose que dore

Le premier rayon du jour;

Chante avec la voix si pure

Qui, sous l'ombrage, murmure

A Dieu ses hymnes d'amour.

Sur l'émail de la prairie,

Chantant le nom de Marie,

Voltige, gai papillon;

Ainsi l'alouette chante,

Et d'une aile insouciante

Rase l'épi du sillon.

Et quand l'ombre étend son voile,

Quand le firmament s'étoile,

Repose en priant encor;

Et, sur ta tête endormie,

L'ange, envoyé de Marie,

Déploîra ses ailes d'or.

Prie, et cette paix profonde,

Et ce bonheur qui t'inonde,

Rien ne pourra les ternir !

Prie, et sous l'œil de Marie,

Contre les maux de la vie

Dieu saura te prémunir !...

La prière fortifie,

Et l'âme s'y purifie,

Comme l'or s'épure au feu :

C'est une mystique échelle

Que la pensée immortelle

Gravit pour s'unir à Dieu...

A UNE JEUNE FILLE.

A UNE JEUNE FILLE.

Mars 1859.

I

O suave ornement

D'une aimable famille !

Pensive jeune fille,

En toi tout est charmant.

Ta blonde chevelure ondoyante et soyeuse
Te couronne d'un nimbe aérien, doré;
Et ta figure est douce, expansive et rêveuse,
Comme un nuage blanc sur un ciel azuré.

Ton souffle est un parfum de cinname et de myrrhe,
Et sur ta bouche, où flotte un éternel sourire,
La lune a déposé la fraîcheur de son teint
Que colorent parfois les roses du matin.

L'iris de tes yeux bleus est formé de ces voiles
Qui nous cachent le ciel de leur tissu d'azur;
Ils brillent sous tes cils, plus frais que deux étoiles
Qui, l'une auprès de l'autre, éclairent un ciel pur.

Echo de ta candeur, ta voix est argentine
Comme ces joyeux sons que, le soir, au printemps,
La cloche des hameaux épand sur la colline,
Rappelant au foyer l'heureux homme des champs.

Flamme ardente d'amour par tes yeux réfléchie,

    Ton âme, rayon divin,

Egale en pureté l'aile du séraphin

Qui veille, quand tu dors, sur ta couche blanchie.

Quand tu dors ! — Ah ! le monde a-t-il rien de plus beau?

A te voir sous la gaze où ta tête se penche,

On croit voir, sous des lis arrondis en berceau,

Dormir paisiblement une colombe blanche...

    De ta douce beauté

    La limpide auréole,

    Comme un rayon d'été,

    Brille, attire et console.

Ainsi, quand aux bosquets du primitif Eden

Parut l'Eve au front chaste, éblouissant de grâces,

Sa candeur en tous lieux se répandit soudain,

Et l'homme transporté baisa ses saintes traces...

Tu n'as encore foulé que les fleurs du printemps,

Belle enfant! tout te plaît, te fascine et t'embrase...

L'ange de la jeunesse, à genoux, en extase,

N'ose encor te livrer entre les mains du temps.

Ta vie est un ruisseau qui, loin de la poussière,

Au jardin des vertus promène son cristal,

Et qui, tout parfumé d'idéal, de prière,

Porte au sein du Seigneur son tribut virginal.

Nulle ombre obscure, infâme,

N'osa ternir encor

Le miroir de ton âme,

Ton âme, pur trésor!

Nos indignes plaisirs ont respecté ta couche.

Tu n'as encor trempé l'incarnat de ta bouche

Qu'à la coupe d'amour, de suave douceur,

Où la religion abreuve notre cœur.

Ta candeur que le ciel de grâce a couronnée

Ne connaît d'autre éclat que l'éclat du lieu saint,

D'autre arôme odorant pour parfumer son sein

Que le parfum des fleurs dont la terre est ornée.

Mais tous ces purs trésors de chaste volupté

      Sont renfermés dans un vase fragile :

Ce qui brille au printemps se fane dans l'été;

Ce qui croît dans la paix, l'orage le mutile...

II

Qu'es-tu venu chercher dans ce vallon de pleurs,

Bel ange détaché des essaims de Marie?

Ne crains-tu pas, ô rose, aux légères couleurs!

De flétrir parmi nous ta corolle chérie?...

Ne crains-tu pas de perdre, à nos rudes frimats,

La brise et les rayons où ta fleur est éclose ?...

Ne crains-tu pas de perdre, en nos changeants climats,

L'ombrage d'innocence où ta vertu repose ?...

Ne crains-tu pas un jour

De voir tes charmants rêves,

Comme l'oiseau des grèves,

S'envoler sans retour ?

De voir, ô blonde tête aux visions splendides !

Ta limpide pensée et ta virginité

Tomber brutalement entre les mains sordides

De la réalité ?...

III

Ah ! fuis ce lieu d'exil, vierge encore sans tache !
N'attends pas que le temps ait brisé ton essor,
Ou que le noir chagrin, ennemi fauve et lâche,
Ait d'un poison mortel rempli ta coupe d'or !

N'attends pas, jeune fille adorable, ingénue,
Que l'infortune, un jour, sur ton front suspendue,
Arrachant de ton âme un soupir criminel,
Souille ta robe blanche et te ferme le ciel!...

Vole, vole, ô ma vierge ! innocente et légère,
Vole continuer aux parvis éternels
Les hymnes que ta voix interrompit naguère,
Pour se joindre un moment aux concerts des mortels!...

Va t'unir, ô Vestale ! aux célestes phalanges

Qui veillent nuit et jour au feu des saints trépieds !

Va semer sous les pas de la Reine des anges

Les roses et les lys !... Ta place est à ses pieds !...

Eh ! qu'as-tu sur la terre à désirer encore ?

L'amour ? — Va, belle enfant, on ne sait plus aimer !

La poésie ? — Hélas ! on la raille, on l'abhorre...

Va, l'homme n'a plus rien, ange, pour te charmer !

REGRETS.

REGRETS.

A MADAME P...

Nantua, mars 1858.

Que ne puis-je rester où l'amitié m'enchaîne !...
O terre hospitalière, inconnue à la haine,
Doux nid d'affections caché dans les rochers,
Comme un nid de ramiers, près des saules penchés;
Que ne puis-je en ton sein fixer ma vie errante !
Pourquoi suis-je forcé de replier ma tente,
Et de quitter ces monts, cette aimable cité,
Asile bien-aimé de la simplicité?...

Semblables à ces fleurs délicates et frêles

Que les brises d'automne emportent sur leurs ailes,

Loin des ruisseaux chéris au cours harmonieux,

A peine, sur les bords où le destin nous pousse,

Nos cœurs ont-ils formé quelque affection douce,

Que bientôt notre nef vogue sous d'autres cieux...

Que ne puis-je rester où tout charme ma vie,

Au sein des plaisirs purs que le poète envie :

Aimables liaisons, tendres épanchements,

Doux entretiens du soir, baume des cœurs aimants!

Pour couler d'heureux jours, que faut-il au poète?

Un asile éloigné du vice et des méchants;

Des monts et des rochers d'où sa muse inquiète

Puisse jeter aux vents le trop plein de ses chants;

Des tapis de verdure et des berceaux d'ombrage

D'où sa pensée au ciel s'envole, le matin;

Un air vif, un ciel pur où parfois un nuage

Glisse comme un souci sur un cœur enfantin;

Un cercle d'amis sûrs, des âmes délaissées,

Des fronts méditatifs, des esprits sans détour,

Où, noble et poétique, il puisse tour à tour

Epancher et remplir l'urne de ses pensées :

Tels deux jeunes amants, cœurs prompts à s'émouvoir,

Se disent leur bonheur, leurs craintes, leur espoir.

Que ne puis-je rester où des liens si tendres

Ont enchaîné mon âme aux pieds de l'amitié!

Si le feu du chagrin réduit le cœur en cendres,

La séparation le consume à moitié...

Adieux, rochers croulants, aux cimes dégarnies!

Adieu, hautes forêts! — L'ange des nuits d'hiver

Ne m'apportera plus vos sombres harmonies...

Adieu, paisible lac au cristal toujours vert!

Adieu, belle nature aux formes gigantesques!

D'autres ont dédaigné tes sites pittoresques;

Mais ils n'ont jamais su que tes rochers affreux

Recèlent dans leur sein des cœurs affectueux...

Adieu, vous que j'aimai !... Dieu, d'une main cruelle,

Disperse les désirs des fragiles humains,

Comme les vents du soir, au détour des chemins,

Chassent les feuilles d'or que l'automne amoncelle. —

Adieu !... Par vos bontés, heureux et consolés,

La joie a souvent lui sur deux cœurs isolés...

Et vous, charmante enfant, modèle du jeune âge,

Des fleurs de la jeunesse, ô la plus douce fleur !

Adieu !... que pour votre partage

Votre ange sous vos pas sème joie et bonheur !...

Que ne puis-je rester où l'amitié m'enchaîne !...

O terre hospitalière, inconnue à la haine,

Doux nid d'affections caché dans les rochers,

Comme un nid de ramiers, près des saules penchés,

Que ne puis-je en ton sein fixer ma vie errante !

Pourquoi suis-je forcé de replier ma tente,

Et de quitter ces monts, cette aimable cité,

Asile bien-aimé de la simplicité ?...

TRISTESSE DE SILVANO.

TRISTESSE DE SILVANO.

Mars 1859.

I

Frère, lorsqu'on te voit errer, mélancolique,
Le soir, quand de tes fers tu sors pâle, affaissé,
Nul ne peut se douter qu'un nimbe symbolique
Environne ton front modestement baissé.

Ta bouche est une coupe où, suave breuvage,

La poésie abonde et coule à flots plaintifs;

Mais la tristesse, hélas! a voilé ton visage,

Et deux sillons d'azur cernent tes yeux pensifs.

Pourtant, quand ton esprit quitte sa solitude,

Quand tu sors un moment de tes réflexions,

Tu passes souriant, plein de mansuétude :

Tels sur les flots déserts vogue un nid d'alcyons...

Pareil au bœuf courbé sur le gazon qu'il broute,

L'homme, l'esprit tendu vers le but envié,

Ne vit que d'intérêts, durs chardons de sa route;

Tout suit sa voie encor... L'homme a seul dévié...

Et voilà d'où provient ta tristesse cachée.

Tu voudrais, voix puissante, enseigner les humains;

Dire à l'âme éblouie, au réel attachée :

Pense au ciel! Rien ici ne s'arrête en nos mains...

Nourri des divins chants du roi de l'harmonie,

Tu voudrais, jeune barde, admirateur du beau,

Rendre son trône antique à la muse bannie,

Et pousser l'égoïsme et le vice au tombeau...

II

Hier, ce bel oiseau, joyeux, libre et folâtre,

Remplissait de ses chants le bocage égayé.

Assis dans l'herbe haute, et le front appuyé

Sur leurs bras arrondis comme une anse d'albâtre,

Les enfants écoutaient, attentifs, sérieux,

L'œil fixé sur l'ormeau d'où tombait l'harmonie :

Tel l'étranger s'arrête aux rives d'Ionie,

Evoquant de Téos le luth mélodieux.

Mais aujourd'hui, captif loin de son doux bocage,

L'oiseau ne chante plus... Il est sombre, attristé...

Eh! que peut faire, hélas! un oiseau dans sa cage,

Sinon pleurer ses bois, son ciel, sa liberté?...

Et toi, captif aussi, tu pleures tes beaux rêves.

Le sort, cet oiseleur perfide, astucieux,

T'a frappé de ses traits, t'a fait tomber des cieux...

Le traître! Il craint encor que tu ne te relèves!

Si tes pensers, parfois, loin du sentier frayé,

Se retrempent au sein des douces rêveries,

La fatalité sombre, aux mains dures, flétries,

Accourt, et dans tes fers te rejette, effrayé...

III

Car, hélas! jeune encore, on t'a ravi ta lyre.

Taxant d'infirmité ton suave délire,

On a sacrifié ta muse au positif.

On a brisé ton aile, et, pour comble d'outrage,

On t'a dit : L'harmonie est un vice en notre âge.

Dans ce siècle d'argent, il faut du lucratif...

Alors, abandonnant ta douce indépendance,

Et subissant du sort l'arrêt et l'impudence,

Tu te courbas, soumis, sur un travail banal.

Mais, frère, c'est en vain qu'on enchaîna ta vie.

Ton front, la nuit, s'embrase, et ton âme ravie,

A ton gré, vole encore au ciel de l'idéal...

Eh ! que te font à toi riche hôtel ou chaumière,

Le pain matériel et l'ombre ou la lumière,

Pourvu que l'on te rende et lyre et liberté ?...

Qu'importe dans quel vase on renferme la myrrhe ?

Qu'il soit terne ou brillant, d'argile ou de porphyre,

Le parfum est toujours plein de suavité...

. . . .

. . . .

IV

Or donc, vous dont l'esprit, dans sa sphère bornée,

N'eut jamais à lutter contre la destinée,

Si parfois, abattu, Silvano jette un cri,

Ne le repoussez pas... La voix de l'infortune

Ne doit pas être une plainte importune.

Ce sont des pleurs sacrés que les pleurs d'un proscrit...

Vous a-t-on, comme lui, lancés sur les épines,

Du sommet éclatant de lumières divines

     Qu'habitent l'amour et l'espoir ?

Sous un poids éternel de misères sanglantes,

A-t-on broyé vos cœurs et vos chairs pantelantes,

Comme un fruit empourpré que l'on pile au pressoir ?

Et, lorsque votre sein fut altéré de vie,

Au lieu de vous offrir la coupe d'ambroisie

     Où s'abreuvent l'ange et l'enfant,

Vous a-t-on présenté le vase horrible, infâme

Du désenchantement... qui des roses de l'âme

Empoisonne et flétrit le calice odorant ?

Quand vous tendiez les bras aux douces jouissances,

Aux espoirs, papillons aux brillantes nuances

Qui voltigeaient sur vous en essaims gracieux,

Avez-vous, comme lui, banni que tout accable,

Senti la main de fer d'un destin implacable

Vous fermer l'horizon et vous chasser des cieux ?

Et, croyant s'épancher dans une âme limpide,

Votre cœur palpitant sur un serpent perfide

    S'est-il éveillé quelquefois?

N'avez-vous jamais eu que l'angoisse et les larmes?

Jamais eu, comme lui, pour jouets et pour charmes,

Que souffrance et torture, infortunes et croix?

Sentez-vous dans vos fronts des brasiers qui vous brûlent?

Dans votre sang maudit, des flammes qui circulent

    Comme des brandons embrasés?

Avez-vous dans vos seins débordants d'amertume

Toujours, toujours un feu qui pétille et consume,

Toujours des feux ardents par les feux attisés?...

Ah! vos vertus, à vous, sont faciles et douces!

Vous vivez, froidement étendus sur les mousses,

    Sans émotions, sans désirs.

Auprès de votre abri coule une eau monotone;

Sous votre morne ombrage, où l'insecte bourdonne,

Dans un bien-être étroit vous bercez vos loisirs...

Mais Dieu ne l'a point fait pour ces plaisirs tranquilles :
Il ressemble à ces monts dont les sommets stériles
Sont éternellement dévorés par le feu.
Jeté de flots en flots et de dunes en dunes,
Et les os calcinés au feu des infortunes,
Il n'a jamais connu que les rigueurs de Dieu.

Jamais aucun désir éclos dans sa pensée,
Aucune volupté chastement caressée,
Aucun projet, timide oiseau volant au ciel,
Ne put, dans son élan, parvenir à son terme :
Toujours, toujours un bras impitoyable et ferme
En coupa l'aile blanche et l'abreuva de fiel...

Laissez-le donc, heureux, se joindre à la tempête !
A quoi bon lui crier : « Arrête ! infâme, arrête !
    » Dieu te broira comme un cristal... »
Laissez, laissez mugir les gouffres de la terre;
Laissez gronder les cieux, et vomir le cratère,
Laissez l'infortuné jeter son cri fatal !...

13

SOUVENIRS D'ENFANCE.

SOUVENIRS D'ENFANCE.

A MES SŒURS.

]

EVOCATION.

Or, un jour, fatigué de suivre isolément
Le cours fastidieux du fleuve de la vie,
Je voulus sous l'azur voyager un moment
En douce compagnie.

Et, déposant ma rame au fond de mon canot,
Je laissai ma nacelle errer sur l'eau plaintive :
Tel un blanc nymphéa suit le courant du flot
    Qui l'enlève à la rive.

Puis, des lieux où, craintif, l'étude m'isola,
Rappelant ma pensée avide de tendresse,
Je dirigeai son vol aux bords où s'écoula
    Ma pensive jeunesse.

Et, plein d'un feu nouveau, de chants passionnés,
Mon cœur vous évoqua, bonheurs du temps volage,
Plaisirs des jeunes ans, souvenirs fortunés,
    Echos du premier âge !...

Et quand ces souvenirs de chastes voluptés
Passèrent dans mon âme, aux accents de ma lyre,
Il me sembla voguer sur des flots enchantés
    Tout parfumés de myrrhe.

III

LE VOYAGE.

Qu'il est beau le sentier dont nous suivons le cours !
Il trace dans les prés de gracieux méandres.
Dieu, propice à l'enfance, en éloigna toujours
      Reptiles, salamandres.

Il serpente à travers des gazons diaprés
De pervenches, de lis, de blanches pâquerettes,
D'hyacinthes d'azur, de narcisses dorés,
      Et d'humbles violettes.

Comme tout saluait notre joyeux retour !
Le muguet balançait ses urnes argentines,
Et l'églantier vers nous tournait avec amour
      Ses roses purpurines.

L'aubépine et le thym, unissant leur odeur,

Le lilas, la jonquille, amis des toits de chaume,

Jusqu'au myosotis, miniature en fleur,

    Tout exhalait son baume.

La campanule bleue, heureuse de nous voir,

Agitait de plaisir ses cloches, sous les aunes,

Et le cythise, ému de bonheur et d'espoir,

    Penchait ses grappes jaunes.

Et moi, j'errais pensif dans le moëlleux gazon,

Tressant pour chaque vierge une aimable couronne ;

Et chacune en ceignait l'albâtre de son front,

    Où la candeur rayonne ;

Et, pour remercîment, leurs lèvres de corail

Parfumaient d'un baiser ma blonde chevelure,

Et les ris me montraient le blanchissant émail

    De leur bouche si pure.

Puis, reprenant sa course au travers des bosquets,

L'essaim vagabondait dans les rouges bruyères;

Les unes çà et là cueillaient de frais bouquets

    Pour en parer leurs mères;

Les autres deux à deux s'enlaçant dans leurs bras,

Te chantaient, ô Marie! un virginal cantique;

—Le pâtre se signait, croyant voir ici-bas

    Une troupe angélique.—

Celle-ci, d'un esprit rapide, étincelant,

Eblouit sa compagne au feu de ses saillies;

Celle-là, tendre cœur, devise en effeuillant

    Les fleurs qu'elle a cueillies.

L'une poursuit en vain de rosiers en rosiers

Un insecte aux yeux d'ambre, aux quatre ailes dorées,

Ou quelque mouche d'or guettant des arbousiers

    Les fraises empourprées;

L'autre fait envoler d'un rameau balancé,

Ou du bord d'un ruisseau qui mollement s'épanche,

Une vive alouette, un pinson nuancé,

Une colombe blanche;

Et la naïve enfant précipite ses pas,

Poursuit dans les genêts la timide palombe,

Mais c'est en vain..... la brise, aux caressants ébats,

Emporte la colombe.

Ainsi, plus tard, ô vierge! un essaim de désirs

Naîtra, voluptueux, sous tes pieds en cadence.

Plus d'une fois alors, triste au sein des plaisirs,

Ton cœur regrettera sa fugitive enfance.....

IV

LE VIEUX FERMIER.

« Quelle fête a rompu ton calme habituel,
» Domaine des Balands, lieu chéri des zéphyres ?
» Pourquoi, sur ta colline, au silence éternel
      » Ont succédé les rires ?

» Pourquoi sur ton sentier avec soin balayé
» Sème-t-on le lilas, la mousse et le feuillage ?
» Est-ce pour accueillir le drapeau déployé
      » D'une pieuse image ?

» Tu fêtes, n'est-ce pas, saint Claude, ton patron ?...
» C'est là qu'en jupons courts les jeunes paysannes,
» Aux sons de la musette, avec bruit danseront,
      » Ce soir, sous tes platanes !...

» Non, ce n'est pas encor la fête du hameau.

» Les filles, les enfants, vêtus de robes blanches,

» Auraient déjà dressé l'autel du vieil ormeau

» Sous un dôme de branches.

» Ils auraient décoré l'humble croix du rocher

» De guirlandes de fleurs de mousse entremêlées;

» Et l'airain jetterait dans son tremblant clocher

» Ses joyeuses volées.

» Ah ! ces simples apprêts, je les comprends enfin;

» Je sais d'où vient ta joie... Au pied de ces grands hêtres,

» Là-bas... j'ai vu — le cœur ne frémit pas en vain —

› Balands, j'ai vu nos maîtres...

» Non les maîtres cruels des siècles écoulés,

» Pour qui de nos sueurs nous fécondions la glèbe,

» Et qui nous ravissaient nos troupeaux et nos blés

» Pour apaiser la plèbe;

» Mais des maîtres, amis de leurs chers métayers,

» Qui dirigent nos bras dans nos travaux prospères,

» Et ne dédaignent point de prendre à nos foyers

    » La place de nos pères...

» Femmes, enfants, amis, venez, suivez mes pas...

» O béni soit le jour qui m'amène mes maîtres !

» Ma serpe l'inscrira, pour ne l'oublier pas,

    » Sur l'écorce des hêtres... »

V

L'ARRIVÉE.

Qu'il est doux d'être aimé des hommes vertueux

Qui cultivent la terre et que le sage honore !

Leur amitié possède un charme affectueux

    Que le vulgaire ignore.

Ils ne connaissent point les gestes faux et vains

Ni les discours pompeux dont la douceur nous trompe :

Quelques pleurs de tendresse, un serrement de mains,

    Voilà toute leur pompe !

C'était vraiment un jour d'allégresse, au hameau.

La ferme tout entière avait couvert la voie.

Les enfants folâtraient du chemin au ruisseau,

    En trépignant de joie.

Les filles et leur mère erraient autour de nous,

Des robes de mes sœurs ne baisant que la frange :

Tel de sa fiancée un amant, à genoux,

    Embrasse les pieds d'ange.

Le vieux fermier suivait, affaibli par les ans ;

La neige de son front flottait sur ses épaules ;

A côté de mon père, il marchait à pas lents,

    Sous le voile des saules.

Epanoui de joie et tremblant de bonheur,

Il couvrait de baisers votre main, ô mon père !

Et pressait tour à tour, dans ses bras, sur son cœur,

    Et mes sœurs et mon frère.

Quel spectacle charmant ! — Pour mieux le contempler,

La nymphe du ruisseau quitte sa couche unie ;

Et le chantre des bois, pour ne pas le troubler,

    Suspend son harmonie.

Le chien seul, vieux gardien, trouble un calme si doux.

Reconnaissant son maître et ses jeunes maîtresses,

Il aboie, il bondit, et sur chacun de nous

    Prodigue ses caresses.

Mais de la ferme enfin nous atteignons le seuil. —

Elle a pour tout décor un crucifix d'ébène,

Des escabeaux d'érable, un siége pour l'aïeul

    Près d'un trépied de chêne ;

Une arche vermoulue en bois de cerisier,

Quelques urnes d'argile et des vases de terre,

Une armoire de hêtre incrusté de rosier,

    Sur un carré de pierre ;

Et puis, le long du mur, sous leurs ciels affaissés,

Quatre lits inégaux, — rustiques boiseries

Dont la bure et le lin, depuis vingt ans passés,

    Forment les draperies. —

Mais ces meubles grossiers sont brillants et jolis,

Tant l'onde du ruisseau, sous une main soigneuse,

En rafraîchit souvent, par ses cristaux polis,

    La vétusté poreuse !

C'est là que les enfants de l'hôte bien-aimé

Nous servirent le pain dans les rondes corbeilles,

Le lait de la génisse et les fraises de mai,

    Et le miel des abeilles.

O primitives mœurs ! — O simples aliments !

Combien je vous préfère aux mets de l'opulence !

Vous vous prêtez si bien aux doux épanchements,

Chassant autour de vous la gêne et le silence ! —

VI

LES JEUX.

Mais dans nos jeunes cœurs la nature a parlé...

Et, comme un blanc troupeau de brebis bondissantes,

Nous volons deux à deux sur le gazon perlé

Nous mêler aux ébats des brises tiédissantes.

Et, tandis que mon père aux pasteurs attentifs

Causait du blé fleuri qui dans la plaine ondoie,

Il nous suivait au loin de ses regards pensifs

Qu'argentait par moments une larme de joie.

Quel plaisir, en effet, pour son cœur paternel,

De voir tous ces enfants, florissants de jeunesse,

Couronnés de candeur, diadème du ciel,

Et brillants de gaîté, de grâce enchanteresse !

Nos jeux lui rappelaient les jeux de son matin.

Il revivait en nous, et, délice suprême,

Rêvait complaisamment à notre bon destin,

Comme autrefois, hélas ! il faisait pour lui-même...

Et nous, nous voltigions, comme de gais oiseaux

Qui s'échappent des nids pour essayer leurs ailes,

Cueillant dans les sillons, aux prés, dans les roseaux,

Les plus légères fleurs, les tiges les plus frêles.

Et tout ce qui répand d'agréables senteurs,

Dans les rameaux penchés, dans les tremblants calices,

Au versant des coteaux, aux bosquets enchanteurs,

Dans les buissons fleuris, cruels aux mains novices,

Avides de parfums, nos mains recueillaient tout...
Et, le sein inondé de ces tendres arômes,
Nous volions de nouveau dans les champs et partout
Chercher d'autres parfums, de plus suaves baumes.

— O ravissante ardeur de l'âge épanoui !
Rien ne peut captiver sa volage tendresse ;
Car des riches couleurs dont l'homme est ébloui
Rien ne vaut pour l'enfant l'éclat de sa jeunesse. —

Et de toutes ces fleurs, de ces parfums si doux
Parsemant nos cheveux, nos fronts et nos épaules,
Nous courions, enlacés, nous mirer à genoux
Au transparent cristal qui réfléchit les saules.

Puis, foulant à nos pieds ces dépouilles des prés,
Sur un tapis d'odeurs, phalanges vagabondes,
Nous nous mêlions ensemble, en couples resserrés,
Formant des chœurs de danse et de joyeuses rondes.

Telle, aux soirs fortunés des antiques printemps,
Aux accents de ta harpe, aimable Terpsichore,
La troupe de tes sœurs, sur leurs monts éclatants,
Dansaient près d'Apollon, dans un rhythme sonore.

Enfin, las de ces jeux trop bruyants pour durer,
En couples variés notre essaim se partage :
L'un va sous les arceaux entendre murmurer
Le frais gémissement du vent dans le feuillage.

L'autre suit des vallons les sentiers ombragés,
Poursuit la libellule aux ailes diaphanes,
Ou cueille un fruit sauvage aux rameaux allongés,
Ou, pour herboriser, s'enfuit loin des platanes.

Celles-ci du moulin qu'ébranle le torrent
Imitent dans leurs chants l'harmonique cadence ;
Celles-là, sous le dais d'un kiosque odorant,
Écoutent des ramiers la douce confidence ;

Ou, d'un pas ralenti côtoyant le chemin,

Surprennent dans les nids les naissantes couvées,

Et caressent leur plume avec leur blanche main,

Sans oser les ravir aux branches élevées.

Et les autres enfin, dans le flot tiède et pur

De leurs pieds ciselés plongeant le tendre albâtre,

Approchent lentement leur hameçon d'azur

Des frétillants poissons à la robe bleuâtre ;

Puis, s'échappant soudain des cristaux ondoyants,

Naïades aux pieds nus, foulant de blancs narcisses,

Conduisent sur les bords de nouveaux chœurs dansants,

Près des bêlants agneaux et des blondes génisses...

O temps délicieux dont chaque souvenir

S'imprime en traits vivants dans l'âme à peine éclose !

Age dont l'horizon nous cache l'avenir

Sous un rideau d'amour, d'idéal et de rose !

Pourquoi l'homme, ô Seigneur ! ne peut-il qu'un matin

Goûter l'enivrement de sa limpide aurore?

Pourquoi, précipitant le cours de son destin,

Le temps l'arrache-t-il au printemps qu'il adore?

Ah! si l'homme, ô mon Dieu ! pouvait vivre toujours

Sous le voile enchanté de son adolescence,

Il irait, quand ta main aurait tranché ses jours,

Ne porter à tes pieds qu'un tribut d'innocence!...

VII

LE RETOUR.

— L'heure de l'infortune est lente à s'écouler ;

Mais les jours de plaisir ont une aile rapide. —

La colline déjà commence à se voiler,

Comme une enfant timide.

Et les mères alors parcourant les taillis,

Rappellent doucement leurs enfants auprès d'elles :

Ainsi l'oiseau d'amour rassemble ses petits,

    Et leur ouvre ses ailes.

Et l'essaim réuni se dispose au départ,

Maudissant en secret l'étoile qui rayonne,

Et, le cœur éploré, donne un dernier regard

    Aux lieux qu'il abandonne.

Et la colline aussi, puis l'arbre au front mouvant,

Se couvrant de silence et d'ombre et de tristesse,

Nous envoie un regret que nous transmet le vent,

    Messager de tendresse.

Nous reçûmes aussi tes adieux les plus doux,

De ces vallons chéris modeste patriarche !

Je crois encor te voir, tremblant sur tes genoux,

Courbé sur un bâton qui soutenait ta marche :

— « Jamais plus de bonheur qu'en ce jour fortuné

N'éclaira, nous dis-tu, mes paupières mi-closes ;

Dieu vous le rende ! enfants... vous me l'avez donné...

Adieu ! que tous vos jours s'épanchent sur les roses !... »

VIII

L'ENTRETIEN.

Alors, d'un cœur aimant, chaste inclination,

Je m'approchai de toi, vierge au brun diadème !

— Ton nom ?... c'est mon secret : première passion,

Jamais il n'est sorti de mon âme qui t'aime. —

Et, suspendant ta main à mon bras assoupli,

Et laissant devant nous nos sœurs avec leurs mères,

Nous fîmes route ensemble... et mon cœur fut rempli

D'un bonheur qu'à cet âge il ne soupçonnait guères.

Echo, fréquent sujet d'un virginal émoi,

Echo, soupir d'amour d'un jeune sein qui tremble,

Toi qui nous entendis, doux écho, redis-moi

Le suave entretien que nous eûmes ensemble :

LA JEUNE FILLE.

Enfant aux cheveux blonds, c'est un dieu protecteur

Qui nous donna ce jour entre tous agréable ;

Mais ces jeux, ces ébats n'ont point rempli mon cœur...

Enfant, sais-tu pourquoi l'âme est insatiable ?...

L'ADOLESCENT.

Douce vierge aux yeux noirs, c'est un jour de plaisir

Celui que l'occident va bientôt nous soustraire ;

Mais il ne peut en moi laisser qu'un souvenir...

Sais-tu pourquoi le cœur ne peut se satisfaire ?...

LA JEUNE FILLE.

J'ai consulté le lys couronné de blancheur,

La rose et le jasmin que l'on tresse en guirlande,

Et leur ai demandé s'il est un vrai bonheur...

Mais, hélas ! ils n'ont pu répondre à ma demande.

L'ADOLESCENT.

J'ai suivi des ruisseaux le cours capricieux,

Et, dans son vol timide, arrêté le zéphyre,

Et leur ai demandé ce qui rend l'homme heureux ;

Mais c'est en vain, ô vierge ! ils n'ont rien su me dire...

LA JEUNE FILLE.

J'ai suspendu ma lèvre au vase de ton cœur,

Ma mère, et je t'ai dit : Pourquoi mes jeux d'enfance

Me sont-ils sans attraits ?... où donc est le bonheur ?...

Mais ta bouche, ma mère, a gardé le silence...

L'ADOLESCENT.

Et moi, j'ai dit hier à mon père étonné :

N'est-il rien ici-bas que désirs et tristesses ?

Mon père a répondu : Pour souffrir l'homme est né ;

Mais deux cœurs bien unis ont de douces ivresses.

LA JEUNE FILLE.

O toi que l'harmonie a nourri de parfums !

Dis, connais-tu déjà cette sainte alliance ?

Quel est l'ange envié qui, loin des importuns,

En ton cœur expansif verse la jouissance ?...

L'ADOLESCENT.

Depuis longtemps l'amour dans mon âme est éclos ;

Depuis longtemps un ange occupe ma pensée...

Partout, dans mes sommeils, dans les bois, sur les flots,

Son image me suit comme une fiancée...

LA JEUNE FILLE.

Qu'elle doit être belle, ô poète naissant !

La vierge au front béni que ton cœur a choisie !

De sa ceinture d'or que le charme est puissant !

Qu'elle doit dans ton sein verser de poésie !...

L'ADOLESCENT.

Sous des bandeaux d'ébène elle encadre son front,

Et surpasse en fraîcheur la gracieuse aurore ;

Son œil est un foyer éclatant et profond...

Et son nom... c'est le tien !... oui, c'est toi que j'adore !...

LA JEUNE FILLE.

O poète ! tais-toi... ton langage est brûlant.

Comme un divin breuvage il enivre mon âme.

Dans mes veines déjà, dans tout mon corps tremblant

Il s'est insinué comme un serpent de flamme...

L'ADOLESCENT.

Et ! pourquoi t'offenser d'un innocent aveu ?

Qui t'a dit, chaste enfant, que l'amour fût un crime ?

Oh ! désabuse-toi... de tous les dons de Dieu

L'amour est le plus doux et le plus légitime.

LA JEUNE FILLE.

S'il est vrai que l'amour soit un présent du ciel,

Si je suis destinée un jour à le connaître,

Toi dont l'âme et l'accent sont doux comme le miel,

Dis-moi comment l'on aime, et... j'aimerai peut-être...

L'ADOLESCENT.

Aimer, c'est prier Dieu près d'un ange endormi...

Aimer, c'est s'enlacer dans les bras l'un de l'autre ;

C'est révéler son âme à l'âme d'un ami,

Comme au sein de Jésus, Jean, l'ineffable apôtre.

C'est épancher son cœur dans un sein virginal :

Tel le lys, le matin, se penche sur la rose

Pour verser sur sa sœur les perles de cristal

Que l'aube, avant le jour, dans son urne dépose ;

C'est vivre d'idéal, se parer de candeur,

S'enivrer d'un regard qui mollement vous touche;

C'est rougir à la fois de joie et de pudeur,

Quand un chaste baiser vous effleure la bouche;

C'est converser à deux sous le voile du soir,

Confondre son bonheur, se partager les peines;

C'est se bercer à deux dans les bras de l'espoir,

Loin du bruit insensé des passions humaines;

Aimer, c'est être uni par un nœud solennel;

C'est dérober sa vie aux voluptés amères,

S'agenouiller ensemble aux marches de l'autel,

Et s'envoler aux cieux sur l'aile des prières.

Tels on voit sur les flots que l'orage a jaunis

Deux beaux cygnes nager sans souiller leur plumage;

Tels dans les airs calmés ils s'élèvent unis,

Errant au gré des vents de nuage en nuage...

Dans ton sein palpitant, vierge au front radieux,

Laisse, laisse l'amour couler, couler encore ;

Car le cœur sans amour est un temple sans dieux,

C'est un ciel sans soleil... c'est un tombeau sonore...

Mais l'âme affectueuse est un vase penché

D'où s'écoule à grands flots la tendresse, la vie ;

De dévouement, d'amour, c'est un foyer caché ;

C'est la harpe du ciel vibrante d'harmonie...

Monte-Acuto, 186...

RÉSIGNATION.

RÉSIGNATION.

Sens, 1858.

Le bonheur, ô ma muse ! est un berceau de mousse
Dont les balancements amollissent le cœur.
Souvent ceux dont les jours s'épanchent sans secousse,
Fatigués d'être heureux, maudissent leur bonheur.

L'homme n'est point créé pour jouir sur la terre
D'une félicité que nulle ombre n'altère ;
C'est un être incomplet qu'un homme sans douleur.
Le bien-être endurcit ; mais les maux attendrissent.
Le cœur sensible et pur que les peines mûrissent
Connaît seul tout le prix d'un moment de bonheur.

Le chagrin n'est-il pas l'aliment qui nous sèvre ?
La coupe des douleurs fait plisser notre lèvre
Avant qu'aux voluptés notre bouche ait souri.
Le premier cri de l'homme est un cri de souffrance ;
Et lorsque vers son but, plein d'espoir, il s'avance,
A chaque pas encor son âme exhale un cri.

Si tu peux, depuis hier, loin des craintes passées,
Suivre plus librement le vol de tes pensées,
Et de chants plus ailés égayer ton séjour;
Si, marchant d'un pas ferme au désert de la vie,
Tu goûtes maintenant, oublieuse et ravie,
La paix d'une oasis de bonheur et d'amour,

Souviens-toi que parfois Dieu, pour sa créature,

D'un parfum d'allégresse embaume la nature,

Pour adoucir le joug du travail, du devoir ;

Souviens-toi que c'est lui qui par instants fait luire

Sur les esprits pensants qu'un trait caché déchire

Un éclair de bonheur, un doux rayon d'espoir ;

Mais souviens-toi surtout que l'ange de la joie

Vole, vole toujours… et que Dieu ne l'envoie

Que pour nous avertir de quelque adversité,

Et qu'aujourd'hui peut-être, au seuil de ton saint temple,

Le démon du malheur t'épie et te contemple,

Brûlant d'empoisonner ta douce volupté…

Toute joie ici-bas est factice ou frivole,

Et l'ange du bonheur nous échappe et s'envole

Avant que nous puíssions en jouir un moment.

Le bonheur est ailleurs, la peine est à la terre.

Insensé le mortel dont l'âme solitaire

Se berce dans sa joie et se fie au présent.

Pareil aux grains d'argent que l'aube blanchissante

Sème sur les vallons en couche éblouissante

Et que l'astre éclatant absorbe le matin,

Le bonheur, doux rayon émané de Dieu même,

Brille à peine en nos cœurs que son éclat suprême

Se dissipe, absorbé par le feu du chagrin.

Jouis donc, ô ma muse ! avec crainte et réserve

De ces moments heureux que le ciel te conserve ;

Savoure prudemment le nectar du bonheur.

Plus au sein du plaisir l'âme s'est enivrée,

Plus elle est dans la peine et faible et déchirée :

Le cœur sobre à la joie est fort dans la douleur.

Et si dans ton sommeil quelque rêve t'emporte,

Ce doux repos d'un jour qui rend l'âme plus forte,

Si demain un nuage a voilé ton azur,

N'exhale aucune plainte, et que, dans la misère

Comme dans le bonheur, Dieu te trouve en prière :

La résignation est l'arme d'un cœur pur.

EVELLA.

EVELLA.

A MADEMOISELLE E. R...

Dispersant des vapeurs le cortége argentin,

Le soleil, couronné des roses du matin,

Commençait à dorer les hauteurs de la ville.

Les marchands ambulants, gent criarde et servile,

Parcouraient la cité, l'arrachaient du sommeil

Et de cris discordants effrayaient son réveil.

La jupe retroussée, alertes et légères,

Un seau d'eau sous la main, les jeunes ménagères

Lavaient tant bien que mal chacune leur trottoir;

Mais, en revanche aussi, (c'est là qu'il faut les voir!)

Comme elles caquetaient à qui mieux mieux entr'elles,

Sur les faits de la veille inventant des nouvelles!...

Déjà les plumitifs, le front chargé d'ennuis,

Fuyant l'éclat du jour, comme l'oiseau des nuits,

S'en allaient pas à pas cacher leur existence

Dans quelque froid bureau plein d'ombre et de silence.

Et moi, j'allais aussi, puisque tel est mon sort,

J'allais..... comme un bateau qui s'approche du port,

Tristement,—car il sait qu'on l'enchaîne au rivage,—

Lorsqu'un charmant aspect dérida mon visage.

A sa fenêtre, ouverte aux premiers feux du jour,

Et — pourquoi le cacher? — pensant à quelque amour,

Evella, douce enfant, craintive jeune fille,

Baissant ses beaux yeux bleus où l'innocence brille,

Regardait vaguement tantôt les prés verdis

Qui ceignaient à ses pieds les coteaux arrondis,

Tantôt un réséda, douce fleur de croisée

Par sa main chaque jour goutte à goutte arrosée.

Séduit, comme toujours, par les charmes du beau,

Et voulant voir de près ce gracieux tableau,

Je m'approchai sans bruit, sans coup d'œil condamnable;

Car toute jeune fille à la biche est semblable :

Dès qu'elle voit sur elle un regard attaché,

Timide, elle s'enfuit vers un abri caché.

La matinale enfant sur ses épaules rondes

Laissait de ses cheveux flotter les molles ondes.

Point de parure encor, nul éclat étranger.

Seulement, un tissu diaphane et léger,

Tout en dissimulant sa taille enchanteresse,

Révélait de son corps la grâce et la souplesse.

Elle m'apparaissait dans sa simple beauté,

Dans le frais négligé de la virginité.

Sur sa main assouplie elle appuyait sa joue,

Et tandis qu'en passant la brise lui dénoue

Deux tresses de cheveux qui caressaient son front,

L'enfant à demi-voix disait cette chanson :

Beau mois, saison vermeille,
Beau mois d'espoir vêtu,
Dans ta fraîche corbeille,
Dis-moi, qu'apportes-tu?

Enfant, j'apporte, avec la joie,
Gazons, pour vêtir les tombeaux,
Roses, pour parfumer ta voie,
Zéphyrs, pour bercer les oiseaux.

Beau mois, saison vermeille,
Beau mois d'espoir vêtu,
Dans ta fraîche corbeille,
Dis-moi, qu'apportes-tu?

Enfant, j'apporte à l'espérance
Heureuse nouvelle et chansons;
A la prière, à la souffrance,
Allégresse, azur et rayons.

Beau mois, saison vermeille,

Beau mois d'espoir vêtu,

Dans ta fraîche corbeille,

Dis-moi, qu'apportes-tu ?

Enfant, j'apporte aux jeunes mères

Des séraphins blonds et rosés ;

Aux cœurs aimants, aux sœurs, aux frères,

Doux entretiens, chastes baisers.

Beau mois, saison vermeille,

Beau mois d'espoir vêtu,

Dans ta fraîche corbeille,

Dis, que m'apportes-tu ?

Enfant, je t'apporte un mystère :

Bientôt, au déclin d'un beau jour,

Je t'entendrai, cœur solitaire,

Causer sous un abri d'amour...

O mai ! saison vermeille,

Mois d'espoir et d'amour,

Dans mon cœur qui s'éveille

Quand luira ce beau jour ?

Mars 1859.

Erratum.

Page 89, vers 8, *au lieu de :*

Tiens. place tes pieds nus sur mon sein qui tremble,

Lisez :

Tiens, place tes pieds nus sur mon sein NU qui tremble.

LIVRE TROISIÈME.

16

LA MUSIQUE.

LA MUSIQUE.

Ire PARTIE.

DÉDIÉE A MADAME L... DE NANTUA.

I

Sœur de la poésie, ô suave musique !
          Quel dieu te communique
Cette puissance d'art qui subjugue les cœurs?...
— Haletants, suspendus aux sons qui nous enchaînent,
          Tes transports nous entraînent,
Comme une foule immense au-devant des vainqueurs.

Illuminant les fronts qu'assombrit la tristesse,

Tu les ceins d'allégresse,

Comme un sommet neigeux ruisselant de rayons.

A tes divins concerts notre âme se dilate ;

Notre pensée éclate

Et vole à l'idéal que nous entrevoyons...

Soit qu'au seuil des tombeaux ta voix prie et soupire ;

Soit que la foi t'inspire

Les hymnes enflammés qui montent au saint lieu ;

Soit qu'au champ du combat, comme aux bals qui ravissent

Tes accents retentissent,

Tu nous prêtes ton aile et nous portes à Dieu...

. . . .

. . . .

. . . .

II

D'éclat, de fleurs et d'or la salle est inondée...

— Tressaillant à la fois sous une même idée,

Chaque instrument s'ébranle, et l'archet étendu

Donne au bal entraînant le signal attendu.

L'orchestre, comme un fleuve au fond des solitudes,

Epand d'abord, pensif, ses murmurants préludes :

Tumulte où germe un air; où, parmi les soupirs,

L'art évoque, distrait, ses plus doux souvenirs ;

Vaporeuses rumeurs, plaintes entrecoupées

Que poussent à l'écart les gammes attroupées ;

Accents inachevés, ténébreux et confus,

Comme le bruit des vents au sein des bois touffus ;

Amas indéfini de vagues mélodies,

Où, parmi les éclairs de notes plus hardies,

Orage harmonieux qui s'apaise bientôt,

L'éclat prompt du tambour roule et tombe aussitôt...

Le nuage flottant tout à coup s'évapore.

La flûte épanouie et le clavier sonore,

Le violon plaintif et le sax éclatant,

Comme un groupe enfantin qui se croise en chantant,

S'éveillent en sursaut, mêlent leurs airs de danse,

Et les couples légers voltigent en cadence.

Quel bruit voluptueux ! Tout l'orchestre, à la fois,

Tantôt avec fracas précipite ses voix,

Ou bien, les condensant en mesures bruyantes,

Les jette, à bonds égaux, en ondes tournoyantes ;

Tantôt, charmants concerts par les grâces formés,

Les effeuille en nos cœurs en bouquets parfumés.

Ici, comme au brasier l'on voit danser les flammes,

On entend, sans les voir, les transparentes gammes

S'entremêler, bondir, s'arrêter, gazouiller,

Courir l'une après l'autre et rire et sautiller,

Se tenir par la main, se séparer encore

Pour s'unir aussitôt en un groupe sonore :

Poétique union de sons délicieux,

Aériens, ailés comme un écho des cieux ;

Argentins et bruyants comme un bassin de marbre

Où l'onde à grains pressés tombe du front d'un arbre.

Là, vibrant aux accords dont leurs flancs sont remplis,

Les instruments tordus en gracieux replis

Tonnent par intervalle... et la foule croisée,

A leurs chants belliqueux frissonne, électrisée.

Mais bientôt le fracas des sons retentissants

S'évapore... et, pareil aux ruisseaux caressants,

L'harmonieux troupeau des airs gais et suaves

Reprend ses doux ébats tantôt vifs, tantôt graves.

Et les rameaux d'érable artistement creusés,

Comme un essaim d'oiseaux sur les branches posés,

Modulent leurs chansons rapides, déliées ;

Puis, ralliant entr'eux leurs voix multipliées,

Les lancent tout à coup aux cimes de l'alto :

Tel au sommet d'un pic le flot jette un bateau.

Et les plis embaumés des ondoyantes gazes

Flottent, ruisselants d'or, de rubis, de topazes ;

Et frais et palpitants, les couples fortunés,

Par les puissants accords l'un vers l'autre entraînés,

Tantôt, tourbillonnant comme un flot de poussière,

Tracent d'un pied léger des cercles de lumière

L'un par l'autre agrandis, l'un par l'autre effacés ;

Tantôt, voluptueux, mollement cadencés,

Semblent, se conformant à la lente harmonie,

Glisser sur le cristal d'une vague aplanie :

— C'est ainsi que l'on voit sur les monts du couchant

Les vapeurs de la nuit glisser en se penchant.

Et quand la symphonie allègre, plus légère ; —

Sautille au triple pas d'une danse étrangère,

Aux doux sons que l'archet s'amuse à denteler,

Ils semblent, suspendus, moins danser que voler.

Quel spectacle enivrant !... Ces festons, ces lumières,

Ces colliers rutilants, ces précieuses pierres,

Ces cheveux diaprés de riantes couleurs,

Ces parfums émanés des gazes et des fleurs,

Ces ondulations de crêpes diaphanes,

Ces corps plus assouplis que de jeunes lianes,

Ces fronts épanouis, ces sourires joyeux,

Ces rayons pétillants qui jaillissent des yeux,

Et cette gaîté pure à la danse mêlée,

Grâce au voile idéal de la musique ailée,

Qui, chaste sœur des cœurs, s'insinuant partout,

Emplit l'âme d'ivresse et poétise tout,

Se transforment en songe, aux yeux de la pensée,

En vision splendide, hélas! trop tôt passée.

Et l'horizon de l'âme est alors trop restreint

Pour contenir ces feux, ce bruit qui nous étreint,

Ces modulations ineffables, sonores ;

Et, comme une colombe, au souffle des aurores,

Le cœur palpite, rêve et se berce alentour,

Nageant parmi des flots d'harmonie et d'amour...

IIᵉ Partie.

DÉDIÉE A MADAME LA COMTESSE DE C...

1

Le peuple est prosterné sur les dalles sacrées.

C'est le moment suprême où les mains consacrées

Entre l'homme et le ciel interposent un dieu...

Tous les fronts, recueillis, s'inclinent au saint lieu ;

Et, des urnes d'argent s'échappant en mesure,

L'encens monte à l'autel, le parfume et l'azure ;

Et Dieu transfiguré se révèle à nos cœurs,

Et les cœurs, attendris, laissent couler leurs pleurs...

Ainsi les pins touffus, dans les forêts obscures,

Modulent à la nuit de longs et doux murmures ;

Ainsi l'orgue divin, tremblant d'émotion,

Exhale un chant d'amour et d'adoration.

Qu'il sait bien, lui, le roi des instruments sonores,

Comme un flot goutte à goutte épandu des amphores,

Verser sa mélodie en sons purs et touchants !

Qu'il sait bien amollir et cadencer ses chants !

Que ses notes d'abord sont souples, dégagées !

D'un voile aérien chastement ombragées,

On les entend errer, couples mystérieux,

Des orgues à l'autel et de l'autel aux cieux.

Comme leur voix est fraîche, harmonieuse, exquise !

On dirait le zéphir se jouant dans l'église...

Et que ces voix d'enfants qui montent par moments

Si pleines de douceur et de frémissements,

Font avec l'orgue ému d'agréables mélanges !

On dirait que le temple est rempli d'essaims d'anges

Qui, ceints du nimbe d'or dont Dieu les couronna,

Voltigent en chantant l'éternel hosanna...

Alors, le cœur s'émeut ; l'âme s'élève, adore.

L'amour, l'amour divin, flamme qui reste encore,

Se rallume en secret dans les cœurs assoupis ;

Et, comme un vent léger caresse un champ d'épis,

La prière, bel ange à la bouche dorée,

Agite tous ces cœurs de son aile sacrée ;

Et la foule pieuse, inclinée, à genoux,

Se livre, aux sons de l'orgue, aux pensers les plus doux...

Mais souvent la douleur succède aux jours de fête ;

Souvent un ciel d'azur enfante la tempête...

Ecoutez ! écoutez !... L'instrument courroucé

Mugit comme un torrent des hauteurs élancé.

Quels furieux accords ! quelles rumeurs bruyantes !

Quel horrible fracas de clameurs effrayantes !

Des cintres suspendus aux frêles chapiteaux

Jusqu'au pavé de marbre assis sur les caveaux,

Tout le temple frissonne... et ses tours ébranlées

Pleurent de leurs ramiers les troupes envolées...

Et la foule pâlit et tremble tour à tour

D'épouvante, de crainte et d'extase et d'amour.

— Pour les uns, cœurs élus, ces torrents d'harmonie

Sont l'hymne de la terre aux chants du ciel unie ;

Pour d'autres, fronts moins purs qu'un doute sillonna,

La tribune éclatante est un nouveau Sina

Où Jéhovah lui-même, escorté du tonnerre,

Vient faire entendre encor sa voix haute à la terre...

Et chaque front alors se penche, convaincu,

Et le doute s'enfuit, terrifié, vaincu...

Pareils aux grandes mers qui par moments se taisent,

Soudain du crescendo les flots roulants s'apaisent ;

Et, la strette chassant cet orage de bruit,

La vaste symphonie expire dans la nuit...

Et, comme un laboureur, après une tempête,

Voit l'azur éclairci s'élargir sur sa tête,

L'âme, après ces concerts, s'agrandit au saint lieu,

Et voit se dévoiler l'immensité de Dieu...

. . . .

. . . .

II

Sœur de la poésie, ô suave musique !
Que ton charme est puissant et ta voix, sympathique !
Comme en toi la douleur se brise en chants pieux !
A tes divins accords, comme la haine expire,
     Comme l'amour soupire,
Comme l'enthousiasme, empruntant ton délire,
Emporte, frémissant, mille âmes jusqu'aux cieux !...

INDIGNATION.

INDIGNATION.

AUX AGIOTEURS.

Paris, place de la Bourse, 185...

I

Comme un saule incliné que la bise balance,
Un soir, je m'isolai pour gémir en silence
Sur les tristes progrès de l'irréligion;
Mais, voyant de l'erreur se déployer les ombres,
Mon âme, comme un aigle au milieu des décombres,
Jeta son cri d'horreur et d'indignation :

Cri d'un jeune marin qui, debout sur la plage,

Voit s'accroître et monter les flots chargés d'orage

D'un océan d'iniquités !

Cri d'angoisse et d'effroi d'une muse encor pure

Qui de son aile blanche a rasé ta souillure,

Sol imprégné d'impuretés !...

Mon âme, m'écriai-je, est mortellement triste !...

J'ai vu de près, Seigneur, cet âge qui persiste

A tracer un sillon maudit.

Déjà ton nom sacré n'est plus que sur ses lèvres,

Et dans son cœur blasé, brûlé par mille fièvres,

L'argent, son seul dieu, resplendit.

La prière décroît. La jeunesse s'en moque.

Et si parfois encor l'homme en secret t'invoque,

Par tes vengeances averti,

Ses vœux ne sont alors qu'une odieuse insulte ;

Car, dans les jours heureux, il méprise ton culte :

L'intérêt vil l'a perverti.

— Que fait l'homme, en effet?... Quand la tempête gronde

Et sur de grands débris vient rappeler au monde

Qu'il est au ciel un Dieu terrible et courroucé,

Il relève à grand bruit et l'autel et le culte ;

Mais des parvis sacrés il s'éloigne en tumulte,

Dès que la paix a lui sur son front menacé... —

En vain notre âge, fier de ses vaisseaux sans voiles,

Compte au ciel du progrès des millions d'étoiles ;

En vain il voit gonfler son pavillon changeant :

Il ne peut plus monter !... L'odieux réalisme

Le tient rampant sur terre... et le froid égoïsme

     A glacé l'être intelligent...

Nos champs sont sillonnés de chemins de lumière ;

Mais Dieu les changera, dans sa juste colère,

     En canaux d'immoralité.

Des flots de parvenus inondent nos familles,

Qui, souillant de leur or jusqu'au cœur de nos filles,

Nous imposent leurs mœurs et leur brutalité.

Tout a subi de l'or les fatales atteintes.

Le doux bruit des zéphirs, le son des cloches saintes

Est dominé dans l'air par le son des écus ;

Et le bruissement des pièces rutilantes

A chassé des salons les paroles galantes

Et le savant récit des grands travaux vaincus.

Enflé de ses trésors, l'agioteur moderne,

Arrogant, déloyal, le front vide, l'œil terne,

Proclame ses instincts les lois du cœur humain ;

A la vertu craintive, au doux lévite même

Jette stupidement son rire et son blasphème,

Et se repaît de fange et d'argent et de pain...

Arrière, âge enrichi !... cœurs étroits, métalliques !...

Ah ! rendez-moi plutôt les mœurs, les dieux antiques :

Apollon, Diane, Vénus !

Je préfère aux cœurs froids, au vice, à l'atrophie,

L'élève de Silène et sa philosophie...

Au veau d'or de Béthel je préfère Plutus...

Oui, j'aime mieux encore entendre le vieux monde

S'ébranler au fracas de l'Olympe qui gronde,

Ou Psyché savourant les délices d'Eros.

J'aime mieux voir verser le sang des hécatombes

Dont la pourpre, à grands flots, ruisselle sur les tombes

Des demi-dieux et des héros;

Voir Ladon t'accueillir, Syrinx, ô chaste nymphe!

Qui demandas au fleuve un abri dans sa lymphe,

Pour te dérober au dieu Pan.

J'aime mieux m'attendrir aux divins chants d'Orphée,

Ou chanter ta grandeur, Jupiter Panomphée,

Ou m'assoupir au cri d'Evan;

Voltiger, le matin, sur le char de l'Aurore,

Ou folâtrer, le soir, avec l'amant de Flore,

Au sein des vallons aplanis;

Voir les Grâces, Vénus, parfumer ta parure,

Et, de leurs doigts rosés dénouant ta ceinture,

Te livrer au jeune Adonis;

Ou, sur un char traîné par des biches ailées,

Voir descendre Phœbé des hauteurs étoilées

Pour visiter, la nuit, le bel Endymion ;

Ou, mêlant mes présents aux dons des canéphores,

Près des autels chargés de gâteaux et d'amphores

  Danser aux doux chants d'Arion...

Oui, j'aime mieux un monde adorant des chimères

Que des hommes courbés sur des riens éphémères,

  Sans cœur et sans divinités !...

L'antiquité croyait à son ciel ridicule,

Mais cet âge incomplet qui trafique et calcule

  Ne croit qu'à ses satiétés.

Il a bien les rumeurs d'un torrent qui s'écrase ;

Il est tumultueux... de sa cime à sa base

  Il bruit comme un carrefour ;

Mais ce n'est qu'un fracas d'écus et de paroles ;

Et l'écho de ta voix, parmi ces bruits frivoles,

  Jésus, s'affaiblit chaque jour.

Détourne, Dieu vengeur, cet âge dans sa course.

Son âme s'est flétrie au contact de la Bourse ;

    Sa langue est un hideux argot !...

Régénère ce siècle et cette race impie

Qui, sans dieux, sans passé, se propage, accroupie

    Sur un misérable lingot !...

. . . .

. . . .

. . . .

II

Mais, au pied de la croix secouant mes sandales,

Je m'arrache à ces lieux de honte et de scandales,

Et vais chercher la paix sur les nobles hauteurs.

C'est là que resplendit la majesté divine,

Et que vient expirer, comme un bruit de ravine,

La clameur de l'opprobre et des agioteurs !

C'est là, sous des rayons de splendeur bien acquise,

Que l'on respire encor, comme un souffle de brise,

Le parfum des vertus,

Ou que, sous les bosquets légués par les ancêtres,

On s'entretient encor de ces bonheurs champêtres

Dont nos enfants, un jour, ne se souviendront plus!

C'est là que, loin du vice et de l'hypocrisie,

Plus près de l'Eternel, la sainte Poésie,

La harpe entre les mains, l'œil fixé sur les cieux,

Continue à l'écart l'hymne des temps antiques,

Et dérobe sa gloire et ses pieux cantiques

Au sarcasme impudent d'hommes licencieux!...

LA MESSAGÈRE.

LA MESSAGÈRE.

— Douce colombe, au vol léger,
Dis, qu'as-tu vu, dans ta course lointaine?
Viens-tu d'un pays étranger,
Ou d'un lieu cher dont mon cœur se souvienne? —

— Oui, je viens d'un lieu qui t'est cher.

La nature, sage et propice,

Au sein d'un rocher entr'ouvert

L'a placé, loin des bruits du vice.

C'est un suave abri d'amour :

Les dieux en ont fait le séjour

Des plaisirs purs et de la brise.

Ah! c'est là, dans ce lieu béni,

Que j'irais construire mon nid,

Si je pouvais le fixer à ma guise! —

— Oh! parle-moi de ces doux lieux!...

Dans ton voyage, ô blanche messagère!

N'as-tu rien vu de gracieux

Qui me rappelle un plaisir de naguère? —

— J'ai vu sur les monts effrayants

Voler l'essaim des jeunes filles;

Plus loin, sous la main des amants,

Les bois s'arrondir en charmilles.

J'ai vu la cascade, au matin,

A la Madone du chemin

Chanter ses plaintes éternelles ;

Et sur le lac aux flots unis

J'ai vu, dans les chants et les ris,

Voguer, le soir, les molles balancelles. —

— N'as-tu pour moi rien de plus beau ?

Qu'as-tu cueilli sur cette terre aimée ?

M'apportes-tu, charmant oiseau,

Un souvenir, une fleur embaumée ?

— Vingt fois, la roche et le vallon

Ont fui sous mon aile d'ivoire ;

Mais nul n'a prononcé ton nom,

Car nul n'a gardé ta mémoire.

L'écho plaintif, depuis longtemps,

A perdu les divers accents

De tes soupirs ou de ta joie ;

Un seul de toi s'est souvenu ;

Voici son présent ingénu :

C'est un parfum que la forêt t'envoie ! —

— O colombe ! reste avec moi.

Si des mortels la pensée est volage,

Je veux désormais, comme toi,

N'aimer que Dieu, mon doux nid et l'ombrage. —

1858.

LE DERNIER ENTRETIEN.

LE DERNIER ENTRETIEN

OU LA JEUNE MÈRE MOURANT LOIN DE SON ENFANT.

DÉDIÉ A MADAME P...

Nantua, mars 1858.

I

— C'en est donc fait, Seigneur !... Le mal qui me consume
M'a lentement menée aux portes du tombeau...
Mourir !... Dieu ! que ce mot est rempli d'amertume !
Ah ! mourir à vingt ans !... Et mon fils au berceau,
Qui l'aimera pour moi, chérubin que j'adore ?
— Encore un an, Seigneur !... Que je l'embrasse encore !
Rien qu'un an ! Rien qu'un mois !... Un seul jour, ô mon
Que je l'embrasse encor dans un suprême adieu !... [Dieu !]

II

— Chasse ces noirs pensers ; renais à l'espérance :
L'espoir, c'est notre vie, ô mon ange adoré !
Tout commence à sourire au printemps qui s'avance :
Vois, l'astre est plus brillant ; le ciel est azuré ;
Les zéphirs ont fondu la neige passagère ;
L'oiseau revient à nous, d'une aile plus légère,
Annoncer des beaux jours le calme et la splendeur,
Et la pervenche, au bord du ruisseau qui murmure,
A renaître, à fleurir invite la nature...
Renais aussi, mon ange, à l'espoir, au bonheur !
Pense à ton jeune enfant qui sur une autre terre
Commence à gazouiller le doux nom de sa mère,
A ta famille en pleurs appelant ton retour,
A l'époux désolé que l'angoisse déchire,
A nos rêves dorés, à nos serments d'amour,
Aux baisers caressants, au suave sourire

Dont tu savais si bien m'enivrer ici-bas...

Pense à tout ce qui t'aime... et tu ne mourras pas!...

III

— Le printemps va venir : le firmament s'azure,

Et la pervenche, au bord du ruisseau qui murmure,

A renaître, à fleurir invite la nature...

Ami, c'est le moment où l'on entend, le soir,

Dans l'écho saccadé des plaintives cascades,

Des soupirs étouffés, des cris de désespoir ;

C'est le moment fatal où les jeunes malades,

Oiseaux effarouchés par les bruits d'ici-bas,

Vont se réfugier dans l'enclos du trépas :

C'est donc mon heure... adieu... mes jours sont révolus!...

N'accuse point du ciel les desseins absolus :

Il m'enlève à mon fils; mais il lui laisse un père.

Grave en son tendre cœur l'image de sa mère ;

Apprends-lui par toi-même à n'espérer qu'en Dieu...

Et maintenant, prions... Je veux que la prière

Sur ses ailes de feu

Me porte au sein de Dieu...

Mais la vie, hélas ! m'abandonne...

O mon fils ! — O parents ! priez, priez pour moi !

Et toi, fidèle époux qui gémis et frissonne,

Adieu... je t'aime... et je donne

Mon âme à Dieu, mon cœur à toi !...

. . . .

. . . .

IV

Vous qui l'avez connue et qui l'avez aimée,

Conservez sa mémoire en votre âme imprimée.

A son doux souvenir, versez des pleurs secrets...

De vos salons amis gracieuse auréole,

Elle était jeune et belle ; elle fut votre idole...

Parfumez son tombeau de l'encens des regrets...

CROIRE, C'EST TOUT SAVOIR.

CROIRE, C'EST TOUT SAVOIR.

DÉDIÉ A M. DE L...

I

Pourquoi ce vain labeur, cette étude insensée ?
Qu'espères-tu sonder, ô ma jeune pensée ?...
— Va... sur quelque chemin désert ou fréquenté,
Vers quelque région que ton essor t'entraîne,
Pauvre reine d'un corps que l'impuissance enchaîne,
Tu te perdras dans l'ombre ou dans l'immensité...

— Fais comme l'aigle altier : surpris par les ténèbres,

Il s'échappe, à grands cris, des profondeurs funèbres,

    Et jusqu'aux cieux s'envole, épouvanté...

— Tempère avec la foi cette ardeur qui t'anime.

Nul flot ne peut suffire à combler notre abîme;

Rien ne peut de nos cœurs alimenter le feu;

Nulle soif ici-bas ne peut être étanchée.

Science, poésie, urne toujours penchée

Qui se remplit toujours et ne verse que peu.

Partout, mystère obscur... en tout, cause cachée...

Pour apaiser ta soif, âme, remonte à Dieu!...

N'attends pas que, saisie et de doute et de crainte,

Dieu te laisse errer seule en ce noir labyrinthe.

Ne vas pas plus avant dans cette obscurité.

Arrête... incline-toi... Dieu s'est manifesté :

Son nom en lettres d'or luit dans l'immensité.

Du ciel à l'océan qui mugit et s'entr'ouvre,

Dans chaque objet créé, son nom est incrusté...

O pensée! ô foyer! ô regard qui découvre!

Ferme ton livre en vain jour et nuit feuilleté :

Dieu seul explique tout... Dieu, c'est la vérité!

Mais, pour ne point brûler l'œil que la nuit recouvre,

D'un voile insoulevable, invisible, enchanté,

Soleil éblouissant, la vérité se couvre...

— Tu ne peux ici-bas rien pénétrer, rien voir.

Crois ! La foi te suffit... Croire, c'est tout savoir.

La foi, c'est le flambeau, la clé du labyrinthe;

C'est le mot du mystère et de l'énigme sainte;

C'est l'infini qui s'ouvre à notre vue éteinte:

C'est Dieu qui nous console et se laisse entrevoir...

II

Ah! malheur à l'esprit qui du matin au soir

Compulse... et ne voit point Dieu dans tout se mouvoir!

— Malheur au front courbé du haut d'un mont sublime !

Plus il se penche au bord, plus s'élargit l'abîme.

Plus il cherche à plonger dans le gouffre béant,

Plus son regard lassé se perd dans le néant;

Jusqu'à ce qu'ébranlé par un effet suprême,

Tremblant, pris de vertige au haut du pic géant,

L'audacieux puni par son audace même,

Chancelle, glisse, tombe et, dans son désespoir,

Sans avoir rien sondé, lui qui voulait tout voir,

Ange orgueilleux maudit et frappé d'anathème,

De rochers en rochers roule avec son blasphème.

Mai 1859.

AMOUR.

AMOUR.

DÉDIÉ A MADAME ANNA C...

Amour!... mot créateur que Dieu laissa tomber
    De la bouche des anges ;
Voile que l'innocent revêt pour dérober
    Sa blancheur à nos fanges ;

Amphore que sur nous les plus beaux séraphins

Tiennent toujours penchée,

Et qui s'épand féconde en arômes divins,

Onde sainte et cachée ;

Mot sacré qui devrait ne sortir qu'en tremblant

De l'âme recueillie,

Pareil aux fins tissus qu'une vierge au front blanc

Avec crainte déplie ;

De parfums — et de fleurs que rien ne peut ternir

Corbeille toujours pleine ;

Nid de félicité bercé dans l'avenir

Comme un nid dans la plaine ;

Astre mystérieux qui verse ses rayons

Sur les âmes blessées ;

Langage indéfini qu'enfants, nous bégayons

A nos mères baissées ;

Dictame intérieur qui ranime et soutient;

Syllabes convulsives

Que, timide et confus, l'adolescent retient

Sur ses lèvres naïves;

Mots ailés qui, le soir, voltigent, balancés

Sur les couples fidèles,

Et qui font palpiter les heureux fiancés,

A leurs battements d'ailes;

Des cœurs tendres et purs dans le silence éclos

Aimable confidence;

Léger chuchottement du feuillage et des flots

Soupirant en cadence;

Voix et plaintes des nuits qui semblent s'élever

Comme un chant de la terre;

Doux murmures qui font tressaillir et rêver

Le penseur solitaire;

19

Concert universel formé par les élus,

Quand d'étoile en étoile

Ils suivent ta pensée, ô Seigneur! n'ayant plus

Que leurs vertus pour voile ;

Vastes vibrations de ces globes de feu

Qui jetés dans l'espace

Tremblent, épouvantés, lorsque la voix de Dieu

Dans l'immensité passe ;

Chants non interrompus, hymne ardent, solennel

Qui semble révéler une âme en la matière ;

Cris infinis d'amour poussés vers l'Eternel

Par la nature entière !

Mai 1859.

AU ROI DE L'HARMONIE.

AU ROI DE L'HARMONIE.

I

Tel, quand l'azur du soir s'épand sur la colline,
Modulant avec art sa voix douce, argentine,
De rameaux en rameaux l'oiseau vole en chantant;
Tel encore l'esprit enfante une pensée,
L'épure à ses rayons, puis la voix empressée
La transmet à l'instant.

Tel, quand de l'astre-roi la nuit clôt la paupière,

Du jour qui s'est enfui secouant la poussière,

Je laisse errer mes doigts sur mon luth inspiré,

Et sondant des mortels les actions sublimes,

Parfois j'aime à chanter les âmes magnanimes

Dans un rhythme sacré.

Comme un pêcheur retire une perle de l'onde,

Le poète, plongeant dans l'océan du monde,

En cueille les vertus, célestes diamants.

C'est aux sources du beau que l'immortelle Muse,

Comme l'amant de Laure, aux ondes de Vaucluse,

Puise ses plus beaux chants.

Comme un marin courbé sur la vague profonde,

J'ai penché mon oreille à l'horizon du monde,

Et j'en ai recueilli chaque bruit, chaque son.

Vingt fois j'ai demandé quelque nom qui m'inspire,

Et la vague ondoyante a vingt fois à ma lyre

Jeté le même nom...

Et ce nom que le flot dans mon âme dépose

Plus beau, plus parfumé que la coupe de rose

Où la céleste Hébé versait à boire aux Dieux,

Ce nom n'est pas celui d'un insipide exarque,

D'un satrape hautain que la foule remarque

Ou d'un nouveau venu superbe, impérieux...

— Et d'abord, point de haine à mon nom attachée!

Mon vers est libre et franc, car ma vie est cachée,

Et jamais des vainqueurs je n'escortai le char.

Ma lyre n'a des chants que pour ce qui soupire.

Bélisaire en disgrâce est un nom qui m'inspire

Mieux qu'Agrippa comblé des faveurs de César. —

Ce nom mélodieux que la vague aplanie

M'apporte... c'est le tien, ô roi de l'harmonie!

      Naguère, avide adolescent,

Je buvais à longs traits aux flots de poésie

Où ton âme sublime, entre toutes choisie,

Nage, bercée au loin dans un vers caressant;

Ou, soudain ébloui par ta pensée immense,

Ciel où voulait monter ma jeune intelligence,

J'essayais, imprudent, de suivre ton essor;

Mais un ramier timide, aigle, n'a pas ton aile.

J'essayais... mais, hélas! de la voûte éternelle

Je tombais, foudroyé par tes feux, astre d'or !

Trop grands étaient pour moi tes sublimes contrastes !

Ton ciel était trop haut ! tes horizons trop vastes !

Où tu me disais : Vois ! — je n'apercevais rien !

Je ne savais alors, frêle esprit sans gardien,

Que gravir des coteaux, gazouiller des prières.

Et tu voulais, du temps franchissant les barrières,

M'apprendre à contempler d'un œil audacieux

Les brasiers dévorants des foudres et des sphères !

A fendre l'étendue, à planer dans les cieux !

A rouler ma pensée en des flots de lumières !

A suivre des soleils les flamboyants essieux !

Et dans l'immensité montant, montant encore,

A voir dans l'infini qui s'ouvre et s'évapore

Apparaître, éclatant, l'angle mystérieux !...

Aujourd'hui, l'infini que tu voulais m'apprendre,

Je pourrais l'embrasser ! je pourrais le comprendre !

Et, dévorant l'espace où ton génie est né,

Je pourrais avec toi voler de monde en monde,

Et, dans l'eau de la nue et blanche et vagabonde

De mon humanité lavant la tache immonde,

Me joindre aux esprits purs... Puis, front illuminé,

Voir palpiter l'étoile aux flancs ceints de topaze,

Trembler le firmament sous la main qui l'écrase,

Sentir l'immensité bouillonner comme un vase,

Voir tout frémir de crainte ou déborder d'extase;

Voir rouler dans l'abîme un globe ruiné,

Entendre graviter la sphère indéfinie,

Ecouter des sept cieux l'éternelle harmonie,

Puis, inondé d'amour et d'ivresse infinie,

Chanter à Jéhovah mon chant passionné !

Et, descendant des cieux, tout rayonnant encore,

Voler, ministre ailé, du couchant à l'aurore,

De l'abîme au sommet, de l'onde au vent sonore,

Pour dire à tous ce nom de gloire environné

Que tout, zéphirs, échos, feuillage, ombre, lumière,

Axe des cieux, soleils, lumineuse poussière,

Que tout invoque et chante, aime, adore et vénère,

Tout... hormis l'être humain, esclave abandonné,

Dans l'oubli de son Dieu par l'orgueil entraîné!...

Mais, hélas! vains désirs!... mission impossible!...

La lyre, entre mes mains, est un titre nuisible.

A la cacher, le jour, le sort m'a condamné;

Et bien souvent, la nuit, mon vol est enchaîné!...

. . . .

. . . .

. . . .

Ainsi, quand le globe superbe

Gravit les monts dorés du jour

Le pasteur voit et sur l'onde et sur l'herbe

Tomber, reluire, en lumineuse gerbe,

L'ardeur, la vie et la sève et l'amour.

Brises, ramures, tout s'agite;

Le flot plaintif se précipite;

L'aigle bat de l'aile et palpite

Dans son nid ruisselant de feu.

Tout sourit, terre et créature;

Tout chante, onde, oiseaux et verdure,

Et l'homme, roi de la nature,

Lève son front et pense à Dieu...

Ainsi resplendit ton aurore,

O suave roi des beaux vers !

Aux premiers chants de ta harpe sonore,

Comme Israël, au pied du sycomore,

On vit frémir et pleurer l'univers.

A ta voix, les peuples se turent;

Les trônes eux-mêmes s'émurent;

Ton cœur fut l'océan où burent

Cent générations d'humains !

Tous disaient : c'est plus qu'un poète !

Un nimbe d'or cerne sa tête...

O Jéhovah ! c'est ton prophète :

Les anges naissent sous ses mains !...

Alors, sur ton chemin, prince de la pensée,

Que d'applaudissements ! que de lauriers cueillis !

Que d'éclat et d'amour ! que de gloire amassée !...

— Que de rois avec moins mourraient, enorgueillis !...

Les princes étrangers, jusqu'au sultan lui-même,
Descendaient devant toi de leur grandeur suprême.
Les rois te donnaient l'hospitalité.
Comme aux pieds d'un héros, maître de la victoire,
Les peuples accouraient au-devant de ta gloire,
Pour voir et toucher l'immortalité...

Mais aux grands cœurs, les grandes infortunes!
Tout ce que Dieu fait de grand et de beau
Soulève ici haine, envie et rancunes :
Rien n'est complet qu'au-delà du tombeau...
A toi seul, tu jetas plus d'éclat sur la France
Qu'un règne glorieux... Mais la reconnaissance
Est étrangère aux peuples comme aux rois!
On déchire aujourd'hui ton illustre mémoire...
Ton nom, ton cœur, tout leur est dérisoire...
—Console-toi, grand homme... un Dieu porta sa croix!...

Et naguère encor, — souvenirs funestes! —
Quand le feu brûlant des courroux célestes

S'écrasa sur nos fronts ;

Quand notre navire, en butte à l'orage,

Brisé par les vents, s'engloutit de rage

Au sein des flots profonds ;

Toi seul, affrontant l'horrible tourmente,

Tu contins le flot qui toujours augmente

De l'insurrection ;

Et, des cieux grondants conjurant la foudre,

Tu sauvas vaisseau prêt à se dissoudre,

Et lois et nation !...

Toi seul pus fasciner le lion populaire...

Grands jours ! jours immortels où, blème de colère,

L'anarchie, à ta voix, dissipa ses complots ;

Où, sublime orateur digne des temps antiques,

Tout un peuple, à ta vue, éclatait en bravos ;

Où ta vaste éloquence ébranlait les portiques ;

Où, dominant les cris, les transports frénétiques,

Tu planais, triomphant, ceint des lauriers attiques,

Semblable à Démosthène acclamé par les flots !...

Mais lorsque la patrie, en pleine confiance,

Eut replié sa voile au port de l'espérance,

Comme un soldat brutal couché sur son canon,

Elle te dit : « La force est désormais mon arme !

» Que ferais-je à présent de ta voix qui désarme?

» Je ne te connais plus!... » — Puis, exempte d'alarme,

Elle tourna la tête et renia ton nom :

     Pareille au disciple ingrat, lâche et traître,

A qui l'on dit jadis, en lui montrant son maître :

« Connaissez-vous cet homme?» et qui répondit : non !...

Tant qu'un peuple a besoin d'un génie, il l'encense.

Quand les flots sont calmés, pour toute récompense,

Il jette à son sauveur l'ostracisme ou l'oubli.

     L'obole de Bélisaire

Est même marchandée à l'illustre misère!...

Ah! rien n'est plus ingrat qu'un peuple rétabli...

Alors, mais moins heureux que ce roi des vieux âges

Qui reçut pour prison la tente du vainqueur,

On t'abreuva de haine, on t'accabla d'outrages
Et l'on mit en lambeaux et ta vie et ton cœur.

    Puis, comme ce héros barbare

    A qui (jeu d'un destin bizarre!)

Le dos d'un roi vaincu servait de marchepied,
L'égoïsme — à ce mot frissonne tout mon être —
T'arracha de ton trône et te cria, le traître!
« Courbe-toi, roi vaincu! Laisse monter ton maître! »
Et le sarcasme après te repoussa du pied...

Mais toi, calme, au-dessus de cette époque ingrate,
Comme l'astre pensif, tu passes en rêvant.
Insensible aux clameurs de cet âge, pirate
Qui t'a volé ta gloire et l'a jetée au vent,
Tu nous dis : « De rigueur n'accusons point les hommes.
Le sort est seul cruel, mais Dieu sait qui nous sommes :
Ce que la haine fonde est sur un sol mouvant.
Levons nos fronts au ciel; baisons la main qui frappe.
Pleurs cachés, innocence, au Seigneur rien n'échappe...
Ce que nous abaissons, Dieu l'élève souvent...»

Oui, ce que l'homme abaisse, un jour Dieu le relève.

Dieu nous rend ce qu'ici l'envieux nous enlève;

Car la justice est à l'éternité.

Bientôt, comme Arion vengé par Périandre,

L'avenir réduira tes ennemis en cendre,

O Maître !... et te rendra ce qu'on osa te prendre :

Ton auréole et l'immortalité !...

II

Suivant d'un œil pensif les phases de l'histoire,

Je me disais : Voyons où résident la gloire

Et l'immortalité.

L'homme passe et se perd ainsi qu'un grain de sable,

Mais il existe un sceau qui rend impérissable;

Cherchons ce secret enchanté...

— Car, jeune front rempli de voix tumultueuses,
Les échos du passé, rumeurs majestueuses,
      Faisaient vibrer mon cœur.
A l'horizon des temps voyant des nuits reluire,
Je disais : est-ce un glaive, ô temps ! est-ce une lyre
      Qu'il faut pour être ton vainqueur ?

Et je feuilletais donc les pages chimériques,
Croyant apercevoir dans ces débris antiques
      Mille noms glorieux.
Mais ne voyant passer sous mes regards avides
Que des manteaux gonflés, que des lauriers stériles,
      Mon front s'inclina, sérieux.

  .   .   .   .

  .   .   .   .

Dans tes flancs ténébreux, abîme des vieux âges,
Hors quelques grandes voix de héros et de sages,
      L'on n'entend rien qu'un vague bruit :
Tumulte de forums, vain cliquetis d'armures,
Harangues de tribuns, camps remplis de murmures,
      Comme les forêts, dans la nuit;

Quadriges éclatants, faste, pompe encensée;

Satrapes acclamés par la plèbe amassée;

Torrents envahisseurs de peuples et de flots;

Mains de fer muselant libertés, républiques;

Citoyens rassemblés sur les places publiques,

    Le front chargé de grands complots;

Rhéteurs gonflant de bruit leur hautaine parole;

Rois pacificateurs que l'anarchie immole;

Flatteurs toujours rampants aux pieds des conquérants;

Basses religions par l'erreur inventées,

Dressant, pour asservir les foules indomptées,

    Autant d'autels que de tyrans;

Labyrinthe de lois où s'égare l'archonte;

Flots de sang répandus, n'enfantant que la honte;

    Fureurs de soldats ameutés;

Cris de peuples vaincus par des stipendiaires;

Clameurs d'esclaves vils, de fous, d'incendiaires

    Embrasant temples et cités;

Stupide amas de Dieux disputant sur l'Olympe ;

Pouvoir, sommet trompeur où l'on tend, où l'on grimpe,

Plèbe criant d'en bas : Honneur au plus adroit ! —

Sauveurs de nations payés d'ingratitude ;

Hommes nouveaux, élus, n'ayant que turpitude

    Ou que férocité pour droit ;

Populace affamée et de sang et de fêtes ;

Vastes ambitions croulant sous leurs conquêtes ;

Barbares destructeurs par le ciel envoyés ;

Vieux palais saccagés d'où les vieux trônes roulent ;

Immense entassement d'empires qui s'écroulent,

    Prêtres et Dieux déchus, broyés !...

. . . .

. . . .

Et, dans ce noir chaos d'empires, de royaumes,

Confondant étendards des rois épouvantés,

Aigles dominateurs méditant sur les dômes

Et drapeaux insolents des peuples révoltés,

Tout m'apparut dès lors comme un combat d'atomes

Où la raison se perd, où l'œil prend des fantômes

Pour des réalités.

Et je me dis : Ici rien n'a de base forte ;

Ce qu'un flot nous amène, un autre nous l'emporte;

Le fait succède au fait à pas précipités.

Est-il rien de moins stable, en effet, que la gloire

Qu'on grave en lettre d'or sur les arcs de victoire ?

Le temps jaloux l'efface et l'emporte avec lui...

Célébrité, palais élevés avec pompe,

Richesse, autorité, splendeur qui charme et trompe,

Tout tombe, tout périt dès qu'un autre âge a lui...

Oui, de quelque grand nom que la foule te nomme,

Bien court est ton triomphe, orgueil, enfant de l'homme!...

Mais ce que la pensée a produit, enfanté,

A l'injure des temps résiste, impérissable;

Car, du feu créateur rayon inaltérable,

La pensée est le sceau de l'immortalité!...

. . . .

. . . .

III

Depuis Homère, que de trônes

Se sont écroulés, reconstruits !

Que de fronts ornés de couronnes

Ont passé radieux dans les palais détruits !

Rois enviés, combien vaine fut votre gloire !

Deux pouces de terrain, deux lignes dans l'histoire,

C'est tout ce qui conserve un vestige de vous...

Conquêtes, monuments, — lois, chaînes d'esclavage,

Rien de tout cet échafaudage

N'a pu, de siècle en siècle, arriver jusqu'à nous.

Mais le père des Dieux, le prince des poètes,

Comme un immense écueil blanchi par les tempêtes,

Règne encore, immortel chargé de trois mille ans !

Deux poèmes ! voilà les gardiens de sa gloire,

Hérauts qui d'âge en âge ont transmis sa mémoire

A travers le fracas des empires croulants !...

IV

Et toi dont la pensée émane de Dieu même,

O roi de l'harmonie ! ô prince des beaux vers !

Quand les siècles t'auront chargé d'un poids suprême,

Ainsi l'on te verra planer sur l'univers.

Ta gloire qu'aujourd'hui les envieux poursuivent,

Les âges la diront aux âges qui les suivent,

Et toujours même éclat couronnera ton nom :

Ainsi les océans ou l'airain des prières

Qu'ont sillonnés jadis ou qu'ont fondu nos pères,

Ont encore aujourd'hui mêmes flots, même son...

Avril 1859.

FANTAISIE.

FANTAISIE.

A DONA C...

Oh ! que je voudrais être ou la nue argentine,

Ou la rose odorante où l'abeille butine,

Ou l'ange du matin, qui, penché sur les monts,

Au versant des coteaux épand ses doux rayons !

Oh ! que je voudrais être ou la blanche colombe

Qui gémit tendrement à l'heure où la nuit tombe,

Ou le papillon d'ambre, ou la brise des champs,

Ou le parfum d'amour qu'exhale le printemps,

Ou l'onde murmurante, ou le bois solitaire,

Ou l'écho des rochers, voix pleine de mystère,

Ou le chantre des nuits, ou l'astre au front craintif :

Tout ce qui plaît, enfant, à ton esprit pensif!...

Que je voudrais avoir, pour ceindre ton front pâle,

Un diadème orné de rubis et d'opale,

Un monde à te donner, un génie à t'offrir,

Un cœur d'or pour t'aimer, mille morts à souffrir!

Et si Dieu m'exauçait, je voudrais être un ange,

Et j'étendrais toujours mes ailes d'or sur toi,

Et pour un seul sourire, un seul regard sur moi,

Je t'offrirais au ciel le bonheur sans mélange,

Et je te ravirais jusqu'aux globes de feu,

Et, nous couvrant d'azur comme d'un chaste voile,

Nous chanterions l'amour et la gloire de Dieu,

Volant de ciel en ciel et d'étoile en étoile!...

A MA FAMILLE.

A MA FAMILLE.

Quand, le cœur enivré de secrète harmonie,
Je contemple, le soir, le beau ciel du Midi;
Quand le disque changeant de la lune aplanie
Monte sur les hauteurs de l'azur agrandi;

Quand j'écoute, penché dans nos nuits ravissantes,
La voix du rossignol qui chante jusqu'au jour,
Heure où ma jeune lyre, en notes caressantes,
Module ses regrets, sa joie ou son amour;

Lorsque je n'entends plus de bruit, de voix frivole,
Et que, sous l'œil des nuits, tout repose ici-bas,
Savez-vous, à cette heure, où mon âme s'envole?
—C'est vers vous, êtres chers, que j'ai laissés là-bas!

Oui, je m'envole alors vers l'arbre de famille;
Oui, je reviens, bercé d'un espoir enchanteur,
M'asséoir à ce foyer où la gaîté pétille,
Où le sourire éclaire et dilate le cœur;

Où, tels que deux oiseaux gazouillant dans leur couche,
La tendresse et l'amour sont toujours en éveil;
Où les plus doux baisers, déposés sur la bouche,
Accueillent le lever, parfument le sommeil;

Où l'âme, comme un lys qu'un frais rayon caresse,

S'entr'ouvre et se remplit du bonheur le plus pur;

Où la pensée alors nage dans l'allégresse,

Comme un cygne d'argent sur un bassin d'azur…

Mais ces heureux moments, ce ne sont que des rêves,

Et je les sens toujours m'échapper deux à deux;

Puis, comme l'exilé méditant sur les grèves,

Je m'écrie : Ah ! pourquoi m'a-t-on séparé d'eux?…

Mais n'importunons plus le ciel par nos demandes.

Puisqu'un destin cruel nous éloigna de vous,

Vous dont les noms chéris, couronnés de guirlandes,

Sont gravés dans mon cœur… venez, venez à nous !…

Venez… et vous aurez des nuits plus étoilées,

Des chants d'oiseaux plus gais et plus mélodieux,

Aux coteaux plus de pampre et plus d'herbe aux vallées,

Des horizons plus grands, des jours plus radieux.

Venez... et désormais défiant la tristesse,

A vos côtés, ma lyre aura des chants plus doux,

Mon âme plus d'échos, mon cœur plus de tendresse.

Venez... le ciel, pour moi, c'est d'être près de vous...

Mai 1859.

A MA MUSE.

A MA MUSE.

Mai 1859.

Les peuples de la paix ont transgressé les lois,
Et la guerre assemblant tous ses feux à la fois
    Va bientôt embraser la terre.
Muse, enveloppe-toi d'un long voile de deuil :
Voici l'heure où chacun viendra prier au seuil
    D'un tombeau solitaire.

Il est passé, le temps des chants doux et légers !

Nos frères, nos amis, sur des bords étrangers,

  Volent au jeu sanglant des armes...

Isole-toi, ma Muse. Aujourd'hui plus de chants;

Plus de couplets ailés, critiques ou touchants,

  Mais des cris et des larmes!...

Mais non... Ta mission ne peut ainsi changer.

Ce n'est point pour détruire, asservir, saccager,

  Que nos frères ont pris le glaive !

Le noble sang français est un sang fécondant

Qui ne se verse pas pour un vain dissident,

  Pour un odieux rêve !

La pensée et l'épée en France sont deux sœurs.

Affranchir, enchaîner les flots envahisseurs

  De l'ambition absolue,

Semer gloire, progrès, civilisation,

Sauver, pacifier : telle est la mission

  Qui leur est dévolue !...

Ainsi donc, sans sonder les grands desseins cachés,

Ne voilons pas nos fronts sous la douleur penchés;

Point d'appréhension vulgaire ! —

Comme après l'ouragan l'azur brille épuré,

Notre âge sortira grandi, régénéré

De cette noble guerre.

— Fasse Dieu que nos vœux soient enfin accomplis!

Depuis assez longtemps, d'intérêts vils remplis

Trop d'esprits rampent sur la terre.

Ah ! vienne enfin le jour où, libre dans son vol,

Nous verrons le grand siècle, abandonnant le sol,

Reconquérir sa sphère !

Et toi, ma jeune Muse, et toi, tu seras là

Pour saluer ces temps que Dieu te révéla;

Ta voix alors sera plus ferme.

L'âge t'aura donné plus d'élan, plus d'essor :

Ainsi les feux d'été mûrissent le trésor

Qu'un jeune épi renferme.

En attendant, ma sœur, confiants, rapprochés,

Ecoutons, attentifs, vers l'horizon penchés,

    La voix tonnante des batailles :

C'est une voix féconde en sublimes leçons...

— J'entends déjà rouler sur de sanglants tronçons

    Le char des funérailles...

FIN DU PREMIER VOLUME.

TABLE.

Livre Premier.

Le Serment de la Muse au Temple.................... 3
Aux Matérialistes......................... 15
La Première blessure...................... 25
Le Poète et l'Amitié...................... 33
Coup d'œil jeté dans un intérieur................ 41
La Muse................................... 53
La Comète................................. 57
Vingt Ans................................. 73
Le Crime impuni........................... 83
La Cascade................................ 107
La Prière à deux.......................... 117
Paraphrase du *Memorare* 125
Innocence................................. 131

Livre Deuxième.

Vidi, seppi, dissi....................... 139
Prie, enfant de Marie !.................... 153
A une jeune Fille......................... 159
Regrets................................... 169
Tristesse de Silvano...................... 175
Souvenirs d'enfance....................... 187
Résignation............................... 219
Evella.................................... 225

Livre Troisième.

La Musique................................ 235
Indignation............................... 247
La Messagère.............................. 257
Le Dernier Entretien...................... 263
Croire, c'est tout savoir................. 269
Amour..................................... 275
Au Roi de l'Harmonie...................... 281
Fantaisie................................. 301
A ma Famille.............................. 305
A ma Muse................................. 311

ERRATA.

Page 13, — vers 14, — pleine — lisez plaine.
Page 24, — vers 10, — abjet — lisez abject.
Page 89, — vers 8, — lisez : Sur mon sein nu qui tremble.
Page 164, — vers 1, — lisez : Tu n'as encor foulé.

Nota. — Prix de la Souscription au 2ᵉ Volume : 4 fr.

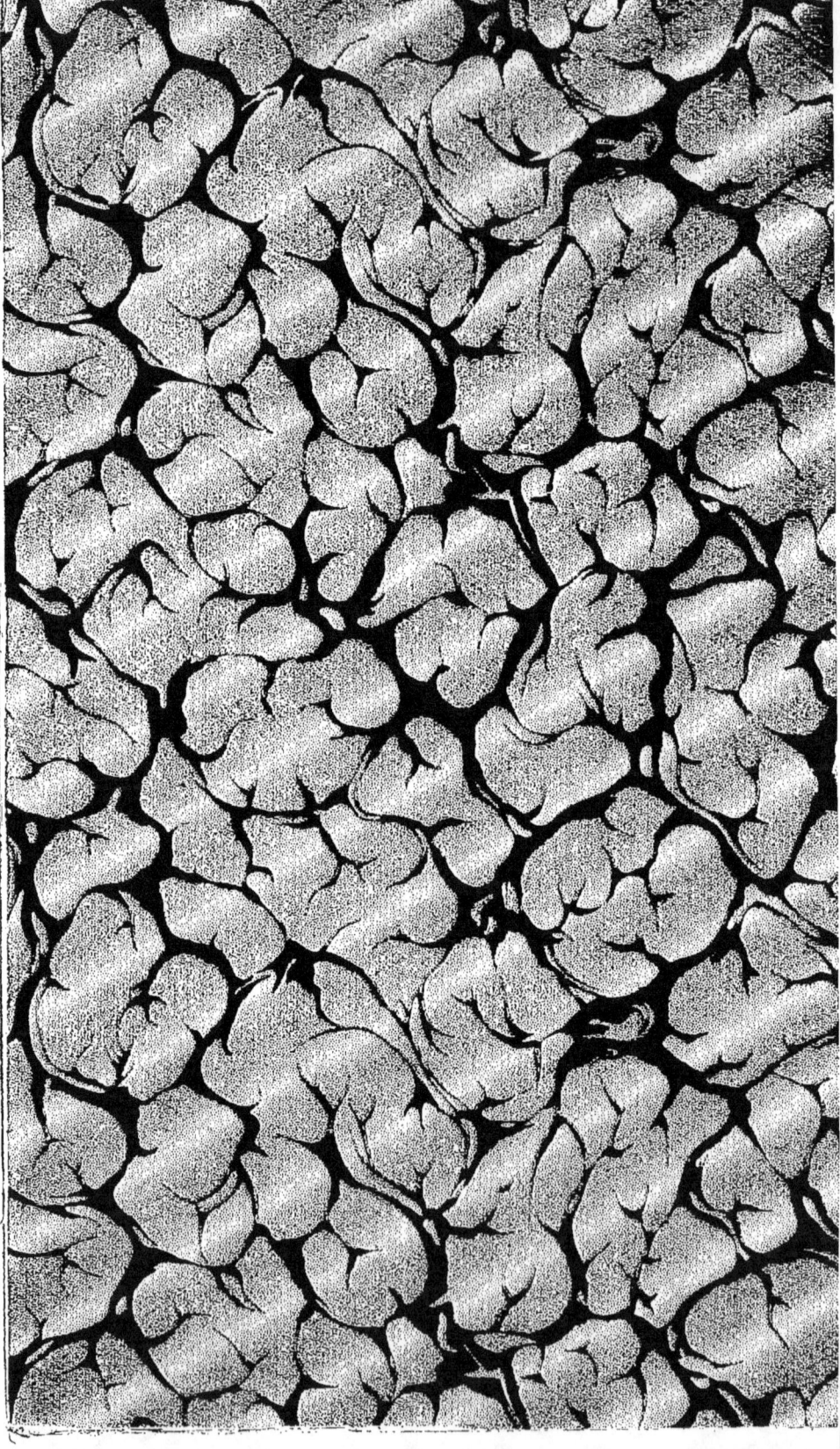

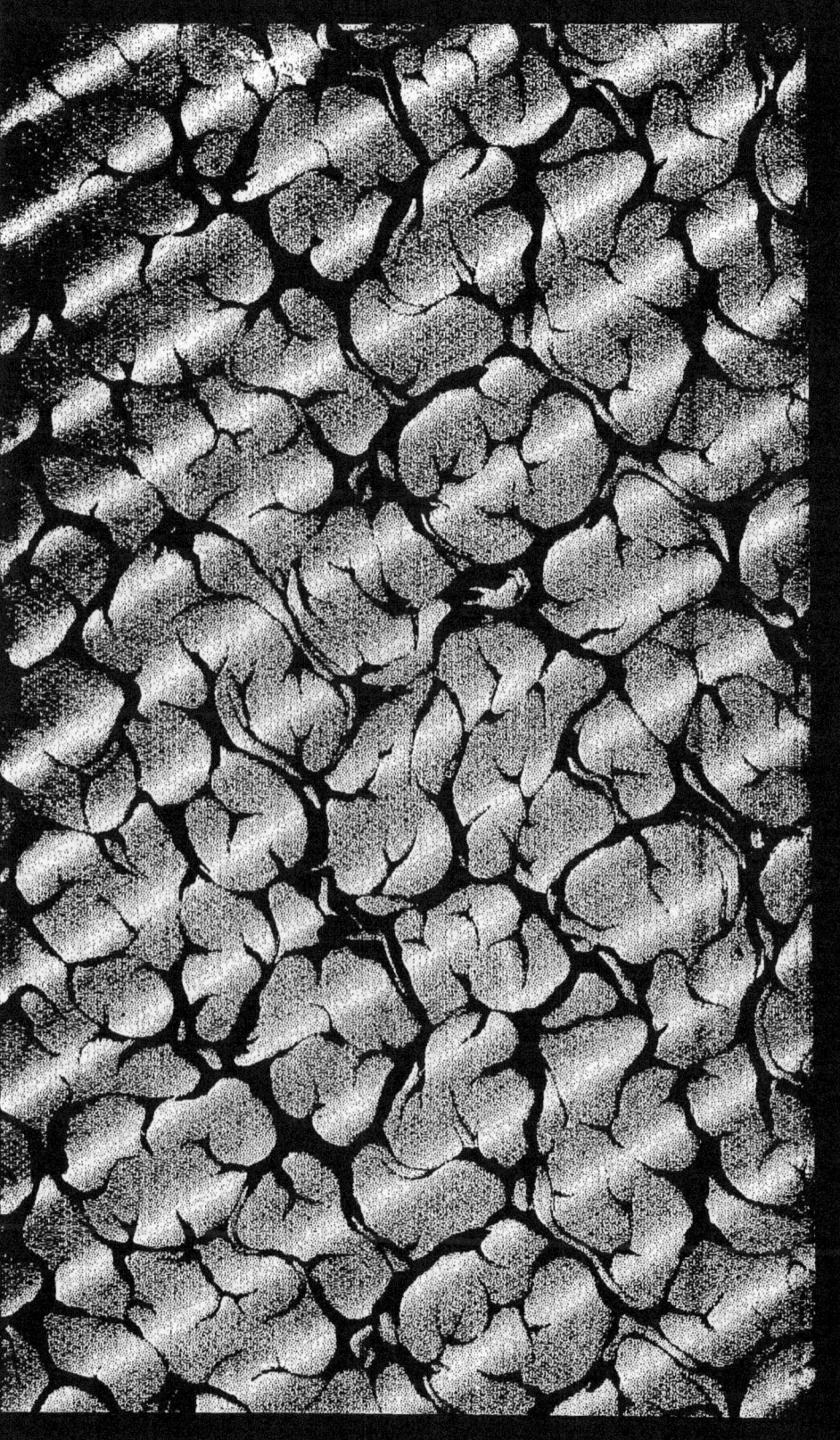